U0006126

GOBOOKS
& SITAK
GROUP©

三日月書版

三日月書版

輕世代
FW239
Residence of Monsters
妖怪公館の新房客
光與闇Devils 10
NOVEL 藍旗左衽 ILLUST 設
二日月書版

人類，曦舫國際學園高一新生。
極度樂觀，少根筋，經常搞不清楚狀況。
必須打工賺取學費生活費，使得個性上也有窮酸摳門的一面。
身兼多職導致易疲累，因此非常討厭休息時被打擾，有嚴重的起床氣。
有著手賤的毛病，熱愛肢體接觸。

百嘹

妖魔（魔蜂）。
長相俊美，心機深沉，總是帶著玩世不恭的笑容，因此極受女性歡迎。
輕佻的說話方式，讓人無法分辨其話語中是謊言還是真心。重度嗜吃甜食。
偽裝身分：學生

奎薩爾

妖魔（羽翼蛇），公館內眾妖之首。
孤高冷厲，長相英俊但萬年臭臉。對自己在妖魔界的主子雪勘皇子非常忠心。
討厭人類，但在封平瀾身上看見和自己主子相似之處，
所以不自覺對封平瀾產生微妙的好感，然後又因此感到生氣懊惱。
偽裝身分：校醫

墨里斯
妖魔（黑豹）。
火暴衝動，豪邁不羈。
個性好惡分明，喜怒形於色的硬漢。
喜歡鍛鍊身體，動作粗暴，常會弄壞東西。
私底下非常喜歡小動物。
希茉
妖魔（妖鳥）。
個性內向畏縮，瀏海蓋過半張臉，害怕與異性接觸。
私底下非常喜歡看重口味的少女漫畫和言情小說。

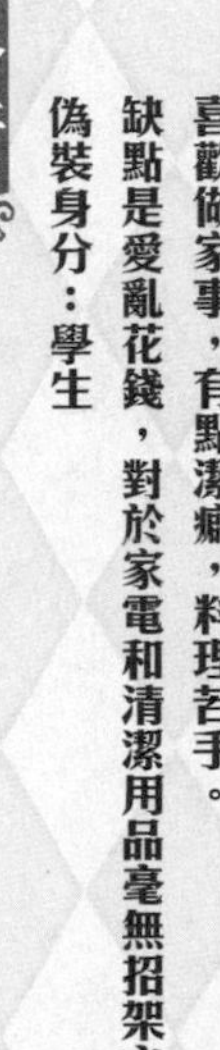

冬犽

妖魔（雪貂）。
溫柔木訥的好男人，被觸及地雷會變得非常恐怖。
喜歡做家事，有點潔癖，料理苦手。
缺點是愛亂花錢，對於家電和清潔用品毫無招架之力。
偽裝身分：學生

璁瓏

妖魔（龍）。
神經質小心眼又愛記恨的傲嬌一枚，
記憶非常好，腦中有人界和妖界的所有知識。
有搜集汽車火車模形的嗜好，但不管坐任何陸上交通工具都會暈車。
偽裝身分：學生

曇華
妖魔（花妖）。
個性謙卑拘謹，溫柔和善。
封印被海棠解開，從此忠心侍奉海棠。
海棠
人類，曦舫國際學園高一新生。
高傲的小少爺。
個性火爆易怒，好挑釁爭鬥，有時又容易鑽牛角尖、陷入彆扭之中。

伊格爾

人類，曦舫國際學園高一新生。
個性老實，木訥寡言，為人重義氣。
與契妖伊凡一同入學，因為極為相似的外貌，
一般被人誤以為是孿生兄弟。

伊凡

妖魔（？？？）。
個性狡黠任性，愛熱鬧，非常孩子氣。
自行選擇伊格爾訂立契約，並化為與伊格爾極為相近的外貌。
偽裝身分：學生

殷肅霜

妖魔（鶚鳥）。
影一A班導，學園理事長的契妖之一。
沉穩內斂，不苟言笑，但十分照顧學生。身體狀況似乎不太好，辦公室裡放了不少藥，
總是在喝瑟諾為他特製的藥草茶。

瑟諾

妖魔（天馬）。
校工兼衛生組幹事兼影校教師，學園理事長的契妖之一。
懶散隨性，外表邋遢隨便，總是穿著運動褲和拖鞋在校內移動，
煙不離嘴。擅長醫療和藥草學，是影校妖魔的專屬醫師，不過沒什麼人敢給他看病。

清原謙行
人類，來自古老神官家族的少爺。
個性和善斯文，說話非常客氣有禮。因為生活背景的緣故，
和一般社會有些脫節，有時語出驚人而不自覺。隱藏的身分為滅魔師。
蜃煬
不知是妖魔還是人類。
協會的化驗和情報機構雅努斯的管理者，
因為犯了重罪而被封在殯儀館深處，為協會工作以償債。
個性癲狂，任性無常，隨自己的心情選邊站，不屬於任何陣營。

封靖嵐

人類，封平瀾的哥哥，滅魔師。
身分和行蹤神秘不定，因為不明原因與封平瀾疏遠。面對合作對象時總是掛著客套的笑容，但行事手段陰狠。周旋於各陣營之間，只為了達成深藏在心底的目的。

瓦爾各

妖魔（狼族）。
被三皇子派遣跟在東尉身邊的妖魔，身形高大，個性耿直，作風硬派，但有時卻展現出細膩的一面。對東尉的背景和想法有著高度好奇，雖然名義上是三皇子的手下，卻對東尉有著莫名的好感與忠心。

目錄

Chapter1

在享受歡愉而頹廢的長假時，莫名地思念起開學時的日子——這便是抖M覺醒的瞬間

隆冬。位於嚴寒北地的都城，冰雪覆蓋了整個境域。刺骨的寒氣中，連呼吸都會凝結成冰。

富麗堂皇的傳統中式建築宅院，夜間仍燈火通明。

這是召喚師家族魏家的宗宅。

時值年節，宅院裡人來人往，不時地響起笑語聲和爆竹聲，一片祥和熱鬧。然而屋宇深處的臥房裡，卻未染上這歡騰的氣氛。

房內非常溫暖，中央放著一張寬敞的大床，床前有著五十吋的液晶電視，床上攤著電玩和小說，床旁的矮櫃上堆滿了吃剩的零食，還有一鍋冷掉的羊肉爐。

處於頹廢天堂中的海棠，臉色卻相當難看。

他討厭過年，討厭被迫待在宗宅裡，和那些討厭他、也被他討厭的親戚們共處。

然而，這些理由並非他此刻情緒煩躁、心情惡劣的主因。

海棠憤憤然地切換著頻道，心不在焉地看著電視，片刻便放下遙控器，拿起放在一旁的手機。

他解鎖畫面，點開通知欄，以帶著期待的目光一一掃過每封訊息和信件通知。

然後暴怒。

「該死！」他將手機拋到一旁，嘴裡忿聲咒罵。

侍立在側的曇華，靜靜地將手機自鋪著毯氈的地面撿起，放回海棠床邊的矮櫃上。

同樣的戲碼從除夕前便開始上演，至今已經初五，重播的頻率與時俱增。

他不爽的原因不是因為收到負面的訊息，而是他沒收到任何訊息。

曇華看了時鐘，已是夜晚八點。她出聲提醒，「海棠少爺，夜課的時間到了，該去道場了。」

「不去。」海棠關上電視，抓起一本漫畫，同時抄了包洋芋片到懷中，喀哩喀哩地嗑了起來。

「您回來以後已經窩在房裡好幾天了，這樣對身體不太好。」曇華輕聲告誡，「宗主大人那裡，似乎略有微辭。」

「年夜飯和新年團拜我都露了面，已經夠給他面子了。」

曇華輕嘆了聲，然後望向放在矮櫃上的手機。

「還是沒消息嗎?要不要我幫你——」

話還沒說完，便被海棠暴躁地打斷，「囉嗦!別多嘴！」

曇華識相地不再多話。

過沒多久，房門傳來扣擊聲，曇華前去應門。

來者是一名負責雜役的低階妖僕。對方看見來開門的是曇華時，微微一愣。因為曇華是專司戰鬥的契妖，在魏家，這樣的高階契妖平時都被留在結界裡，有重要命令時才會現身。

「請問有什麼事？」曇華柔聲詢問。

妖僕回神，「宗主大人要海棠少爺夜課之後去見他。」他狐疑地往房裡看了一眼，見海棠正坐在床上看電視，不像是在處理要事。

既然如此，為何讓契妖任意行動？

「還有事嗎？」曇華笑問。

「沒有。」妖僕收回視線，恭敬退下。

主子們的事他管不著，海棠少爺又是出了名地叛逆。若真有什麼問題，宗主大人自會處置。

曇華闔上門，轉過身，「海棠少爺。」

「我聽到了。」海棠悻悻地哼了聲，關上電視。「要我在夜課之後去見他，就是要在見他之前先去夜課。」

一句話，兩個命令，強硬而沒有轉圜餘地。標準的魏氏作風。

海棠跳下床，開始更換衣服。

曇華習慣性地走向海棠，拿起道服要替他更衣，但被海棠擋下。

「我自己來。」海棠接下道服，輕咳了一聲。

曇華會意，淺笑著退到一旁，轉身迴避。

片刻，換好衣服的海棠領著曇華，前往道場。

一路上，經過的人群見到海棠，紛紛行禮問安，同時側目。因為他身後跟著曇華。

海棠無視他人的目光，筆直而坦蕩地走著。

以往，他也照家族規則限制曇華的行動。但和封平瀾混久了之後，他開始習慣讓曇華離開結界一起行動，就像封平瀾和他的契妖一樣。

他不討厭這樣的改變。

道場位於宅院北側，遠離住屋，中間隔著一片松林。

走在通往道場的石徑上，海棠拿出手機確認，接著再次低咒出聲。

曇華輕嘆，柔聲緩頰，「說不定，平瀾少爺正在忙。」

「大過年的能忙什麼?連汽車借貸和賣健康食品的都傳了五封訊息來問候我了，那傢伙是比賣車賣養生奶昔的人還忙嗎?!」海棠踹了地上的雪堆一腳。

「您要是在意的話，何不親自打過去確認？」

「誰說我在意了！」

他並沒有在意——本來應該是這樣子的。

一直以來，他早已習慣宗家沉重又針鋒相對的生活，他本以為今年過年也是一樣。但是他錯了。

他發現，離開了曦舫、離開了封平瀾那一伙人，日子變得乏味又無聊至極！

亞可涅鄄輪的任務結束後，封平瀾擅自決定除夕夜要和他在線上一起守歲，然後過年期間要一起玩線上遊戲。當時他「勉為其難」地答應了。

但只有他自己知道，最難的地方在於，他必須表現出勉為其難的樣子。實際上，他非常開心，這是長假裡唯一一件讓他期待的事。

回宗家之後，遊戲也安裝了，點數也課了，鍵盤和滑鼠都換成電競專用的等級。所有東西都預備齊全，結果封平瀾竟然放他鴿子！而且到現在都已經初五了，連聲新年祝賀也沒有！

混帳東西！

海棠踩著憤恨的步伐，穿過松林，來到了訓練道場。

一步入道場，不懷好意的問候聲隨即傳來。

「這不是偉大的海棠小少爺嗎？」一名比海棠年長幾歲的少年燦笑著走向他，語氣甚是熱絡，「好久不見了呢。」

「哪有好久不見，我們年夜飯時還見過偉大的小少爺呢。」另一名少年笑著幫腔。

海棠翻了翻白眼。

又來了。

當他年幼失勢時瞧不起他、欺凌他，當他被宗長收為養子時嫉妒他、嘲諷他，這些堂哥就是他不想留在宗家的主要原因。

「是嗎？我沒注意到吶！明明是未來的宗主繼承人選，卻這麼不起眼。」

「聽說你這幾日都待在房裡，身體還好嗎？保重身子，可別像淞賢伯父一樣早逝啊。」

「這可不一定，或許人家一點也沒有遺傳到淞賢伯父的體質。忌部家的女人，手段可是很厲害的，淞賢伯父那時又病入膏肓，說不定……」

帶著惡意暗示的話語一出，眾人哄笑出聲。

海棠看著眼前的人，突然覺得非常荒唐可笑。

以往，堂兄弟們的閒言閒語和小動作總是能刺到他的痛處，讓他氣到失控，給自己討了不少懲罰。但他現在只覺得無聊又乏味。

論毒舌比不過班長，論任性比不過璁瓏，論粗暴比不過墨里斯，論自命清高比不過終紘，論陰暗比不過宗蜮，論手段比不過伊凡，更別提百嘹。

甚至，要比小人、比惹人厭，也都比不過曹繼賢和蕾娜。人家可是無時無刻孜孜矻矻地在想辦法找社團研的碴呢。

全是半吊子！媽的無聊死了！

「真遜……」他不屑地輕喃，「這裡是道場還是垃圾場？一進門就聞到一股廢物的臭味。」

堂哥們聞言色變。

海棠無視，直接穿過道場，準備召出練習用的式神，隨便混混交差了事。

然而，還沒走到預備區，一道咒矢從背後朝他射來。海棠即時閃避，咒矢擦劃過他的左肩，在道服上留下道口子。

海棠轉頭，只見三名堂兄們身旁多了三道身影。他們召出了契妖。

「和式神對打有什麼意思？」最年長的少年開口。「來過招吧。」

「看你被式神打倒是很有意思。」海棠冷笑，「柏嶸堂哥挑戰高段式神時，被揍到屎尿橫流的畫面，至今仍讓我印象深刻。雖然很想再次瞻仰堂哥的英姿，但我還不想太快弄髒新衣服。」

此話一出，周圍其他魏家子弟紛紛暗笑出聲。

「住口！」柏嶸怒吼。他使了個眼色，另外兩名堂兄立即抽刀，繞到海棠的身旁，擺出攻擊的陣勢。

柏嶸召出長槍，槍頭指向海棠，咬牙切齒地獰笑，「讓我們見識見識，你在曦舫那間三流學校學了什麼東西吧！」

海棠不以為然地哼聲，拔刀。跟在海棠身旁的曇華也召出劍，準備應戰。

海棠皺眉轉向曇華，對她低聲交代了幾句。曇華頷首收劍，默默地橫越道場，站在角落，看起來打算置身事外。

此舉擺明了不將對手放在眼裡，讓堂兄們更加憤怒。

「你這是什麼意思！」

「曇華現在不方便參戰。」

「不讓契妖參戰？那你讓她現身是為了什麼？」

「干你屁事。」海棠毫不客氣，「況且，此刻她有更重要的任務。」

「過分自信可是會自取其辱吶。」

「不敢當，畢竟這是堂哥的長項。」

柏嶸怒吼，舉槍直攻。另外兩人見狀也跟著上前，接連對著海棠發動攻擊。三人的契妖則在一旁施展妖力，增強契約者的攻擊力。

海棠舉刀，一一擋下堂兄們凌厲的攻擊。同時拋出咒令，擾亂契妖的行動。

和封平瀾一行人執行任務，對抗過不少僭行妖魔和不從者，他的實戰經驗遠超過只在道場裡演練的堂兄們。幾番交手，海棠雖然無法立刻致勝，卻也游刃有餘。

海棠閃避開第四記從他背後射來的箭，旋身揮刀。偷襲他的人一驚，立刻退到契妖的身後。

海棠忍不住皺眉。

過去的他，怎麼會把這些人當成對手呢？

只是一群躲在同溫層裡互相取暖、自我膨脹又自我陶醉的可悲傢伙罷了。

忽地，一陣電子音從道場另一隅傳來。

海棠眼神驟變，立刻轉頭。只見站在角落的曇華正舉著他的手機，對他招手。

這一瞬間的分心，讓柏嶸的槍頭在他側腹劃出了道血痕。

「現在認輸還不算太遲。」柏嶸得意地笑道。

海棠吃痛地低吟了聲，怒眼瞪向柏嶸。接著他伸手沾了腹部的血，灑地，跺步。瞬間，他的背後張起了巨大的腥紅色法陣。

法陣閃動，發出嘈雜的金屬擠壓聲，散發出強大的壓迫感。

眾人驚駭不已。

「你、你用戮魂陣對付我?!」

「施展戮魂陣，你自己也不會有好下場的！」原本一旁風涼看戲的人也連忙出聲制止。

但海棠陰狠地瞪著面前的三人，不發一語，身後的法陣仍持續運作著。

契妖們立即張起強大的防禦咒語，保護主子。

就在此時，海棠舉起手，向上一揮。

法陣朝上旋射而出，將整排的燈具擊毀。道場瞬間陷入一片黑暗，什麼也看不見。

唯獨被高階防禦結界籠罩的三人，渾身亮著藍紫色的幽光，極為顯眼。

在眾人還來不及反應時，海棠疾步衝向那三道發光的身影，助跑、起跳、提膝，朝著三人的胯下用力痛擊。

慘叫聲響起，站立著的發光人影紛紛倒地。

道場內的教頭趕緊命契妖召出火燄照明。光線亮起時，只見魏柏嶸三人正臥倒在地，渾身顫抖，痛苦呻吟。

眾人圍向地上的三人，擔憂地查看傷勢。

「你對他們使了戮魂陣？」其中一名教頭嚴厲地質問海棠，「你瘋了嗎！」

海棠冷哼了聲，「戮個屁，只是包著幻象咒語的符鏢而已。」

他假裝召出破壞力強大的戮魂陣，為的就是讓對方的契妖使出高階防禦結界。

未經修飾和堆疊輔助咒語的高階結界，在黑暗中會發出光芒，且能抵擋住強大的咒語攻擊。但是，卻也只能抵擋咒語攻擊。

未帶任何妖力和咒法的人或武器，不在結界的屏阻範圍內，能輕鬆地穿過結界，給予對方強而有力的物理性攻擊。

眾人瞠目結舌，沒料到海棠會使出這樣的招術。

海棠無視眾人的目光，逕自快步奔向曇華，匆匆地從她的手中接下那仍在響鈴的手機。

「你說你的契妖有更重要的任務，難道是幫你拿手機？」一名旁觀的魏家成員不可置信地開口。

「道場的收訊很差，只有這個角落有訊號。」海棠不耐煩地回道。

他看著手機，上面顯示的是沒看過的電話號碼，而且對方要求視訊通話。

他想立刻接通，但是一想到封平瀾這幾日讓他苦等，便決定讓手機再響一會兒。

哼，他可沒那麼閒，隨時守在電話前等人來電！

海棠一邊在心裡暗忖，一邊快步向屋外移動。

「你這是暴殄天物，浪費契妖的能耐！」道場裡的人惋惜不已。

海棠率然一笑，「派曇華和你們這些肉腳對戰，才是浪費。」語畢，步出道場，把自己造成的騷動拋到腦後。

他走向通往宗長廂房的石徑，故意擺出了不耐煩的表情後，才按下接通鍵。

出現在畫面上的，是伊凡那鬼靈精怪的臉。

「嗨，給我紅包！」

海棠愣愣，「怎麼是你？」

「因為我實在太無聊了，所以想看些滑稽可笑的東西。」伊凡笑呵呵地盯著螢幕，將臉湊近畫面，「話說你是不是變肥了啊，年菜吃太多了喔？剛才接通時我還以為打錯電話，撥給宗小胖了呢。」

「吵死了！」海棠勃然，「你到底打來幹嘛！」

「我已經好幾天沒有封平瀾的消息了。長假太無聊，本來跟他一起找點樂子，結果都找不到人。你之前和他住在一起，想問問你知不知道他們的下落。」

「我不知道。」

看來，不是只有他一個人沒收到封平瀾的消息。這讓海棠心情好轉了些。

「是喔。」伊凡嫌惡地皺了皺眉，「好吧。」

下一秒，通話中斷，畫面消失。

海棠火氣上升，按下了重撥鍵。

片刻，電話接通。

「有什麼事嗎？」電話彼端傳來伊凡不耐煩的語調。

「幹嘛掛我電話！」

「因為你也不知道答案啊。」

海棠咬牙，忍下怒意，「所以你也沒收到他的任何訊息？包括手機簡訊、電子郵件、實體信件和所有的通訊軟體私訊？」

「對。」伊凡停頓了一秒，以帶著笑意的語氣開口，「你該不會一直在等他聯絡你吧？」

「並沒有！」海棠立刻轉移話題，「那其他人呢？」

「我問了小柳和麗綰，她們也沒有封平瀾的消息。宗蜮只接了我一次電話，說他很忙，之後就再也沒接了。」伊凡不以為然地哼了聲。

海棠沉默了片刻，接著開口，「喂。」

「幹嘛？」

「你在做什麼？」

「關你什麼事？為什麼這樣問？」

「我無聊。」

「喔。」伊凡應了聲，似乎能接受這個理由。他沉默片刻，開口，「我也很無聊。回老家之後，伊格爾動不動就被叫去參加家族會議，要不然就是參加一堆帶有政治目的的餐會和晚宴。我被晾在一旁，根本無事可做。你呢？」

「差不多。」海棠穿過人工湖上的石橋，看著倒映在水面上的火光，嘆了口氣，「我想要快點開學。」

「我也是。」和社團研的人混在一起，刺激有趣多了。

兩人同時沉默。

只有和封平瀾那一伙人在一起時，他們才會忘掉那些附加在自己身上的重擔和身分，回歸成最單純的個體，率性而活。

片刻，海棠率先開口，「要不要……一起玩線上遊戲？」

「喔，好啊。」伊凡順口答應，「慢著，如果是璁瓏玩的養魚遊戲就算了。」

「當然不是。」

「不過，如果那個遊戲系統可以幫魚命名的話，我就願意玩。然後我要養一隻垃圾魚，取名叫海棠，天天看牠吃魚糞。」

「你非得那麼惹人厭嗎！」可惡，枉費他剛才還覺得和對方有那麼一點點惺惺相惜。

海棠掛上電話後，又走了一段路，宗長魏淞芳的院落出現眼前。

守衛見到他便直接放行。從對方的表情，海棠推測，自己在道場做的事已經傳到主院了。

沒有宗主許可，所有契妖不得入主院，曇華便在外頭等候，讓海棠獨自進屋。

穿過門廊，推開雕滿法陣花紋的厚實木製門扉，魏淞芳橫坐在長椅上，肘靠著扶手，一手支頤，一手握著書卷，垂眸覽書。

海棠走上前，不甘願地行了個禮，開口，「宗長大人。」

魏淞芳抬眼望向海棠，「你應該稱我為父親。」

海棠不吭聲。

「道場被你搞得一團亂，得花一陣子才能修復。」魏淞芳平靜地開口，不帶感情地陳述。

海棠暗嘆。

果然，開始算帳了。

「修理費從我之後的生活費裡扣吧，不夠的話我再拿壓歲錢來補。」

「你傷了柏嶸、柏崎和榕德，分家的人對此很不滿。」

「我做任何事他們都會不滿。」海棠冷哼，「況且是堂哥們先來挑釁的。他們三人對我一個，嚴格來說是他們違反了道場規矩，該受罰的是他們才對。」

魏淞芳看著海棠，輕笑了聲，「沒想到會從你嘴裡聽見『規矩』兩字。」

海棠不自在地撇了撇嘴。

「即便如此，你下腳也太重了些。要是害人家絕後，這可不是鬧著玩的。」

「要是再多幾個像柏嶸堂哥一樣蠢的後代，魏家只會加速衰敗，我這算是在幫家族做品管——」

魏淞芳冷眼睇向海棠，凌厲的眼神讓海棠識相地閉上了嘴。

「事發後第一時間，總教頭便將道場監視影像送到我面前。」

海棠低下頭，等候訓斥和懲罰。

「我很訝異。」魏淞芳繼續開口，「你變了，變得會用腦了。」

海棠抬起頭，露出一副「你在開玩笑嗎」的表情。

「當然，我指的不是你的學業成績。」魏淞芳嘆了口氣。

海棠釋然，「原來如此。」

「過去的你總是橫衝直撞、任性妄為。」

海棠自嘲一笑，「現在也是吧。」

「對。但現在的你，任性得有技巧、有格調。過去的你總是用玉石俱焚的方式擊退對手，現在的你卻懂得思考，懂得讓自己全身而退。」魏淞芳淺笑，「打壞燈、利用防護結界，這招非常高明。在那種情境下，一般召喚師不會料想到對手竟然赤手空拳、不施任何咒語就衝上來。你利用的不只是結界的破綻，也是人心理上的破綻。看見你的成長，我非常欣慰。」

海棠微愕。看著宗長肯定又讚賞的目光，他有些慌亂，不知道該如何回應。

「是曦舫的哪位師長教你的？」

「都不是。」海棠猶疑了片刻，含糊而彆扭地低語，「和我的……朋友學的……」

和封平瀾學的。

封平瀾總是能利用當下的環境和現有的資源，在困境中開出一條新路。和封平瀾混在一起也快半年，出了好幾次任務，或多或少有些收獲。

「真是了不起，曦舫的名聲雖不佳，學生卻向來臥虎藏龍。」魏淞芳讚嘆，「你的朋友是哪個家族的少爺？」

「不知道。」封平瀾沒提過自己的身家背景。

「那是哪方流派？即使不知道出自何家何族，但從施咒的方式和咒語的屬性，好歹也能推測出個大概。」

「他是——」海棠的話語停頓。

他本想從回憶裡搜尋封平瀾使用的咒語特色，回答魏淞芳的問題。但他突然發現，他好像從未看過封平瀾使用咒術。

不管是在洋樓裡或是出任務時，封平瀾未曾使用任何咒語攻擊或防禦，因為他身邊總有契妖護著他、幫著他。所以海棠完全沒留意到這事。

影校的課堂上，封平瀾和蘇麗綰互相練習時，那些咒語全是由蘇麗綰所施展，他看了幾次就發現這兩個人是事先套好招的。他對這種事並不以為意，畢竟他自己也經常上課打混。

現在仔細一想，他才赫然察覺，封平瀾施過咒語嗎？為什麼他從不施展咒語？

是因為太強大，強大到不需要靠咒語也能解決困境，還是因為——

但，還能有什麼原因？

見海棠不語，魏淞芳便不再追問，進入了下一個話題。

「曇華是高階契妖，是強大的武器。」魏淞芳徐徐說道，「就像一柄寶刀，若是沒有戰鬥，便不需要出鞘。」

海棠回神，表情一凜，「既然是我的契妖，我要怎麼使用是我的自由。」

魏淞芳看著海棠，沉吟片刻才開口，「今晚要你來，本是要命令你服從規矩，將曇華收入結界。」

海棠低頭，咬牙不語。

「但是看了你在道場的表現，讓我改變了想法。」

海棠抬起頭。

「叛逆如果沒有對等的能力做後盾，便只是單純的墮落。」魏淞芳望著海棠，平靜而語重心長地說道，「今晚你證明了你的能力，所以我認同你的叛逆。規矩是由有能者訂立，要是爬到最高位，你可以要所有人照你的規矩而行。」

海棠注視著魏淞芳，片刻，順服地低下頭，「我知道了。」

「你得罪了分家的人，為了不節外生枝，還是早些離家，提前返校吧。」

海棠眼睛一亮。「謝謝父親大人。」接著轉身，踩著開心的步伐離去。

看著海棠的背影，魏淞芳不由苦笑。

竟然高興得向他道謝，還喚他父親……

這可是處罰吶。

同樣是冬季，相較於北地的酷寒，南海一代風和日暖，僅在入夜時分略帶些涼意。

都市近郊的豪宅社區，獨棟的透天厝蓋得精緻典雅。每棟樓房的院子內都種了奇花異草，後方架設著完善的溫室。

樓房之間雖各自獨立，但是每棟建築的大門上方，全都嵌著以黑曜石拼成的曼陀羅花圖紋。

這個社區是毒偶召喚師宗氏一族的地盤。

院裡欣欣向榮的美麗花草，全都帶有劇毒。隱閉的溫室裡孕育的不是植物，而是宛若植物一般，失去思考能力，任人修剪、改造、操控的妖魔。

其中一戶樓房的溫室，半透明的玻璃門以簡陋的小鎖鎖著。但除了看得見的釦鎖以外，整扇門被無形的毒咒給包覆。

溫室深處，在眾多櫃架和枝葉屏障後方，有個看似實驗室的區域。鐵架上擺放著各式藥瓶和標本，中央放著兩張有如解剖檯的金屬桌。

宗蜮站在走道上，面向其中一張金屬檯。

金屬檯上躺著一具肥腫慘白的軀體，旁邊掛著數個點滴。軀體的正面，自下唇至鼠蹊部，開了一道平整的切口，點滴的引流管全數插在切口裡。

其中一根管子的末端，接在宗蜮細瘦蒼白的手背上，暗紅色的血緩緩地流注入軀體之中。

宗蜮沒插著針的那隻手，拿著維修的咒具，俐落而靈巧地在契妖的腹部切割縫補。

良久，他停下動作，拔去手背上的針頭，疲累地喘了口氣。

還剩三成……

在郵輪上的戰鬥讓契妖毀損得太嚴重，使得他無法繼續附載。他看著金屬桌上的契妖，對方空洞的雙眼正凝視著虛空。

契妖身上殘留著縫補未癒的痕跡，那有如爬蟲一般的縫口，讓宗蜮不由感到一陣礙眼。

看起來……似乎很痛……

這念頭一浮起，便被宗蜮狠狠壓下。

妖偶代替契主受傷，是天經地義的事。這只是工具，就像刀和劍一樣，雖然損毀了會有些惋惜，但沒有人會憐憫刀與劍是否會疼痛。

那樣的情緒，太可笑了。

他可不是蠹煬……他絕不會犯同樣的愚蠢錯誤。

宗蜮忽然想起社團研的那伙人。那群把契妖當成人看待的傢伙。

起初，他對於那些人和契妖間的互動嗤之以鼻。但不知道何時開始，他竟有點羨慕……

原來人類和契妖，也能那樣相處。

如果他的契妖能開口說話，不曉得會對他說什麼。

看著面前龐大的軀體，宗蜮不禁冷笑。

為了配合契約者的身形，寄附式妖偶的軀體通常會被改造得扭曲變形，與原樣相差甚遠。

要是對方能開口，吐出的絕對是狠毒的詛咒吧。

宗蜮將垂在桌腳的黑布拉起覆蓋契妖的身軀，接著於布面灑上朱色草末，低吟咒語。

草末轉白，滲入布中，傳出嘶嘶的聲響。

宗蜮伸了個懶腰，轉過身，面向另一張金屬檯。

檯上擱著個東西，被白布蓋著。

宗蜮將布掀開，底下是一件服務生制服。

正確來說，是亞可涅郵輪房務人員制服。制服髒皺不已，上頭還有一大片深褐色的汙漬。

那是封平瀾的血。

封平瀾在船上遇襲時身上穿的那件衣服，被他悄悄帶走了。

這麼做，是為了驗證一個猜想。

一個他覺得荒謬不已、卻又難以忽視的猜想。

他拿起一管裝在深色玻璃瓶中的藥水，倒向衣服上的血跡。接著，拿起一根形狀詭異、以妖魔骸骨製成的灰白色咒棒。

宗蜮盯著那件血衣，遲疑了片刻，接著深吸一口氣。

他握著骨棒，平穩而流暢地在衣服上畫下一道道白色符紋。接著，放下骨棒，點燃放在陶鉢裡的油脂蠟燭。

這是偵測妖咒的咒術，能顯示出被測者所施展的上一個咒語為何。

燭煙緩緩騰起，在上空盤繞成迴圈，不斷翻旋。吸收了衣物上的殘血，白色符紋開始轉變為深黑色，並如水墨般暈開。

當煙霧消散時，衣上的暈痕便會成形，展現出血液主人施過的咒語樣貌。

宗蜮看著衣服上翻騰的血墨，面容冷靜，內心卻躁動不已。

他不曉得自己期望看到什麼樣的結果。

如果驗證結果證明他的猜想正確，然後呢？

他該做些什麼？他能做些什麼？

腦中浮現出封平瀾那愚蠢的笑臉。

宗蜮皺起了眉。

煙霧的顏色逐漸轉淡，燭火自動熄滅。

衣服上，血漬糊成一片，和施咒前一模一樣，看不出任何痕跡和紋路。這代表血液的主人，是個未曾施展過任何咒術的凡人。

宗蜮沉吟。片刻，他拿起手機，撥了封平瀾的手機號碼。

沒有開機。

撥至住處，則是無人接聽。

到底跑去哪裡了？

宗蜮望向那件衣服，長嘆了一口氣。

早知道就不要自找麻煩了……

衣服上的血漬觸目驚心，看慣了血肉的宗蜮突然覺得那血跡相當礙眼。

……受了那麼重的傷，那傢伙是否好些了？

既然只是個脆弱至極的平凡人，別又自找麻煩地往危險裡跳啊……

Chapter2

房間被闖空門後，比起財物消失，發現寫滿自己黑歷史的筆記本不見更令人驚悚

幽界，霧原。

華麗的大殿裡，焚著稀世的香膏，帶著淺金色珠光的芳煙徐緩繚繞。

然而，香氛卻被濃厚的血腥味掩蓋。

新鮮的血液在地面上積聚成殷紅的血湖，湖面潤澤光滑，映照出殿中人凝重的面容。

「請各位繼續移步。」有著棕色肌膚的領路妖魔開口提醒，「她的座席在前方。」

殿中的人抬頭，從見著人類屍體的震愕中回神。

大殿深處，距離眾人約七公尺處，有座嵌滿寶石的寬敞席榻，榻上坐著一道纖瘦的人影。一名黑髮女子端坐在其中，身穿以金線和綢緞縫製而成的華服，耳垂、頸子和手腕掛著璀璨的飾物。

但眾人看不出她的年齡，因為她頸部以上的面容都被血汙覆蓋。犧牲者的血，累世堆積在她的面容上，厚重的血漬乾涸、龜裂，又被新的血液填滿，使得她的整張臉看起來像是一塊粗糙的乾樹皮，沒有半點生氣。

這就是緈世女巫，絲帕蔻娜。

她的雙眸緊閉，身形比想像中瘦小，但她散發出的氣勢和外觀，卻遠比想像中來得駭人。

絲帕蔻娜的座席前，放了一個水晶盆。透明的晶盆讓人一眼望穿盆裡的東西——一雙慘白的眼球，以及一顆血肉模糊的心臟，靜靜地擱淺在血泊中。

那便是換取預言的代價……

殿中一片沉寂，沒人開口。所有的目光同時轉向奎薩爾。

奎薩爾覺得自己彷彿站在刑臺上，所有的目光化成利刃，射向他。

璁瓏和墨里斯不吭聲，但他們的眼中帶著強烈的反對。希茉的眼眶泛著淚。

他們不敢開口要奎薩爾住手，開口就像是背棄了對雪勘皇子的忠誠。他們也不敢要求奎薩爾動手，開口就代表毀滅了封平瀾的友誼。

至於百嘹，則顯得相當冷靜。他以審視的目光看著奎薩爾，看他會做出什麼樣的決定，說出什麼樣的理由。

他早就預想到，遲早會面對這樣的抉擇。

他很早就看清，這場扮家家酒遊戲玩得再歡樂，遲早也得結束。

只是，他不知道，選擇會以這種殘酷的形式呈現。

所以他就說嘛……

百嘹在心裡冷笑。

和諧的家庭遊戲，不該玩得太忘我、太樂在其中。這些傢伙吶，沉溺得妨礙了判斷力，現在作繭自縛了吧？

像他，從不會分不清楚遊戲和現實，呵呵呵……

雖然心裡是這麼想的，但那張總是掛著玩世不恭笑臉的容顏，此時卻沒有絲毫笑意。

奎薩爾望向地上的死人，無法將視線轉向封平瀾。

對雪勘的忠誠，以及對封平瀾的道義，化作天秤的兩端，逼迫著他抉擇，要讓哪一端升起，哪一端沉下。

領路的妖魔見眾人沉默，好奇而玩味地挑了挑眉。

他沒見過這樣的情況。

千里迢迢地帶著祭品上門，卻又猶豫不決。這群妖魔的態度，看起來像是對這人類有所不捨。

不捨？有可能嗎？

領路妖魔舉起雙手，一把雪亮的彎刀憑空出現在他的掌中。

「如果您沒有適合的工具……」他恭敬而客氣地將彎刀奉到奎薩爾的面前。「請用。」

奎薩爾看著領路妖，緩緩伸手拿起刀。

他凝視著刀面。銀白的刀鋒閃著冷光，平滑的刀面有如鏡面，映照出他的臉。冷峻的容顏和平日一樣，看不出情緒。但紫色的眼眸裡，有著明顯的沉鬱與糾結。

直到此刻，他才發現自己一直都在自欺欺人。

他以為自己能義無反顧地為雪勘皇子付出一切，做出一切對雪勘皇子有利的事。

這是謊言。因為他做不到。此刻的他，拒絕獻上封平瀾。

他以為封平瀾對他而言，只是個隨時都可拋棄的工具。

這也是謊言。因為他一樣做不到。此刻的他，不打算讓這「工具」離手。

他以為封平瀾的骨氣和智慧，只有那麼一點點打動他，讓他產生了微乎其微的好感。

這更是謊言。

他在意封平瀾。

奎薩爾垂眸，深吸了一口氣，接著，將目光轉向封平瀾。目光相接的那一刻，奎薩爾不自覺地惱怒。

該死的，這傢伙竟然在笑？

封平瀾的臉上，掛著那種彷彿造成他人困擾而感到不好意思、帶著歉意的笑容。

奎薩爾重哼了一聲，紫眸回復平日的果斷與堅毅。

就這麼做。

他舉起彎刀，接著，反手一揮。

契妖們倒抽一口氣，希茉更是撇開了頭，不忍直視——

「啪！」

刺耳的撞擊聲響起，眾人循聲望去。

原本在奎薩爾手中的彎刀，此時已橫嵌在一旁的玉石柱上。

突如其來的轉折讓眾人愣愣，一臉不解。

「我們還得回到人界。」奎薩爾以一貫的冷漠語氣，淡然開口，「這傢伙如果死了，對我們不利，也無法向影校的人交代。」

希茉、璁瓏和墨里斯鬆了口氣，百嘹則是露出了不置可否的笑容。

「所以，諸位是不打算尋求解答了？」領路妖笑著詢問，「千辛萬苦地來到讖殿，卻打算抱著遺憾歸返？」

「我們會找到答案的。用自己的方法。」

奎薩爾回答時，戒備地看向座席中的絲帕蔻娜。他不確定這種反悔的行為，是否會激怒這位上古巫妖。

然而，絲帕蔻娜依然不發一語，沉默地坐在席中。從她的臉上，根本無法看出任何想法。

領路妖詫然挑眉。他在這裡待了上千年，第一次遇見這種事。

「既然不捨，為何要來？」

「受奸人愚弄。」想到蜃煬，奎薩爾怒火燃升。

「真可惜。」領路妖輕嘆了聲，「那麼就請諸位自行離開吧，不送了。」

奎薩爾暗暗慶幸。絲帕蔻娜似乎並未對他們貿然前來又離去的舉動有所不滿。他一踏入殿中，便感覺到一股無形的壓迫感。這種似有似無的妖力，讓他想到了影校的結界。

他猜想，這個空間布下了限制妖力的結界。若是戰鬥，他們只有待宰的分。

眾人正打算撤退時，有人出聲制止。

「等一下！」

所有人停下腳步，愣愣不已。

因為吐出這句話的，不是絲帕蔻娜，而是封平瀾。

「這位日燒肌先生說的很對，好不容易來到這裡，就這樣放棄嗎？」封平瀾朗聲詢問。

被喚為日燒肌先生的領路妖眉頭微蹙，但仍微笑著回應，「我的名字是樊。」

「你發什麼瘋！」墨里斯怒斥，伸手敲了封平瀾的頭一記。

「啊唷！」

「你是在路上亂撿東西吃嗎?!神智不清了嗎?!」璁瓏也跟著斥責。

「平瀾，不應該！」連希茉也忍不住開口。

封平瀾撫著頭頂，忍痛繼續開口，「這樣就放棄了，真的很可惜啊。我們花了好幾天的時間過來，停留不到十分鐘就離開，又不是來借廁所……」他看墨里斯的拳頭再次握起，連忙解釋，「重點是，還沒搞清楚狀況就走人，這樣也太隨便了。」

「搞不清楚狀況的人是你。」奎薩爾冷聲低斥，語調中帶著慍怒。

他隱約猜到封平瀾想幹什麼，必須阻止——

奎薩爾發動咒語，打算召喚影子直接綑住封平瀾，將他帶走。但地面的影子僅微顫了一下，什麼事也沒發生。

果然如他預料，外來者在此處無法使用妖力！

奎薩爾伸掌，想捉住封平瀾的手，但封平瀾向後退了一步避開。

「誰說的！我們進來以後，大家都沒說話，只有日燒肌先生提議要借刀給奎薩爾，然後奎薩爾弄壞人家一根柱子，接著就決定離開了。這樣的行為和在古蹟上用修正液寫『某某某到此一遊』的屁孩沒兩樣呀！」

封平瀾說話的速度比平時快很多，因為此時的他很緊張。他想用幽默和一堆廢話來掩飾情緒，以便說出他想說的話，做出他想做的事。

他像一列火車，一古腦地向前衝，無法停下。因為一旦煞車，就會被恐懼和猶豫給追上。

「他剛剛說了，這個死人是前一批客人支付的代價，事情已經一目瞭然！」

「這是你自己的解讀，說不定這個人早就死了，人家只是把他帶過來放在這裡而已。」

「剛剛有慘叫聲——」

「我們在外面，又不知道那聲慘叫是誰喊的。說不定是那群客人發出來的——『啊！人家新買的 Jimmy Choo 高跟鞋沾到內臟了！』——搞不好是這種情況，上次D班的萊菈就是這樣在課堂上尖叫，淒厲到老師以為發生命案！」

「這人類是剛死的，那些妖魔拿他的生命換取情報！」奎薩爾的聲音不自覺地揚起。

「所以，奎薩爾捨不得我嗎？」封平瀾忽地反問。他眨了眨眼，輕聲開口，「奎薩爾看重我的生命，勝於雪勘皇子的下落？」

突如其來的犀利問題，讓奎薩爾語塞。

趁著空檔，封平瀾轉向樊，「到底要怎麼做才能得到情報？過程如何進行？為什麼這個人會死？」

樊看著封平瀾，看著對方眼中的堅定與執著，以及努力壓抑住的恐懼。

明明是人類，卻一心護著妖魔？這群人，到底是什麼關係？

樊平順而客氣地開始解說。

「根據慣例，前來求問的人們必須向絲帕蔻娜獻上禮物。她會收下禮物，為對方解答。」他停頓了一下，望向地上的屍體，「至於這位人類之所以如此，是因為絲帕蔻娜在預卜前，挖出了他的眼睛，並將手插入他的胸中、觸摸心臟。她用他的眼睛來看清不同世界、不同時空的事，用他的心臟來感知隱藏在所見之事底下的情感和想法。」

眾人聞言，噤聲不語。

但封平瀾仍不死心，再次開口。「那，禮物是什麼？」

「就是人類啊！白痴！」璁瓏忍不住開口打斷。

「這樣不對吧？我只是指路的工具，怎麼可以拿來當禮物？這就像請人來抽化糞池，然後事成之後和對方說酬勞就是剛抽出來的那些屎。沒有這種道理的！」

樊苦笑，「這個比喻不太恰當。」

「都什麼時候了你還要嘴皮！」墨里斯衝上前，揪住封平瀾的衣領，把他拎起，打算以蠻力解決問題，趕緊走人。

但封平瀾舉起雙手，向下一矮身，順勢從外衣中脫離，溜到一旁。

墨里斯看著手中的衣服，又看向封平瀾。他沒料到封平瀾有這招。以往，封平瀾總是憨笑著順從他們。

「你剛剛說，求問者要獻上禮物，但沒有說人類就是禮物。」封平瀾看著樊，質問，「其實，也可以送上其他東西，對吧？」

樊盯著封平瀾片刻，接著淺笑，「你很聰明。」他伸手一揮，躺在地上的死屍消失無蹤。「讖殿之后是傳說中的人物，既然是傳說，難免隨著流傳而出現訛誤。不知道從何時開始，各個世界的眾生都以為要以人類為獻祭，才能得到答案。」

契妖們聽見此語，眼睛一亮，燃起了希望。

「但你也沒有主動澄清。」奎薩爾冷道。

樊勾起嘴角反問，「我為什麼要這麼做呢？」

「所以，只要獻出禮物，封平瀾就可以免於一死？」璁瓏見事情有轉機，也放膽開口提問。

「或許吧，那要看你們送出的東西是什麼。」

樊笑著走向座席，低吟咒語。水晶盆裡的血液和臟器瞬間消失，展現出原本晶盈透亮的樣子。

他看著一直沉默的絲帕蔻娜，輕嘆，「以她現在的情況，如果要得到確切的答案，必須透過人類的雙眼和心臟，才能示現預言。」

或許就是因為這樣，他人便以為人類是犧牲品。

璁瓏皺眉，沮喪低語，「說了半天，還是要以人類的生命為代價啊……」

封平瀾仍不死心，繼續提出疑問，「你說絲帕蔻娜是為了看清預言，才把手插進人類的胸口，並將對方的眼睛挖出。換言之，讓人類死亡並非她的目的，對吧？」

「你真的很聰明。」樊微笑，「那些人類是失血過多而亡。」

「那還不是一樣！」墨里斯怒吼。

「不一樣！」相較於契妖們的消沉和抗拒，封平瀾顯得異常熱切。「如果死亡不是她的目的，那麼我就可以活著！只要把我封在一個什麼結界裡，維持我的生命，再讓冬犽來治療，這樣就沒問題了！就像一場開刀手術而已！」

契妖看著激昂而執著的封平瀾，一時間有點錯愕。

這是封平瀾第一次不配合他們的意思而行，第一次在沒中咒語的情況下，展現出叛逆的一面。

他的叛逆，是為了他們。

奎薩爾開口，以冷漠不帶感情的語調警告，「冬犽不在這裡。」

「他馬上就會到的。追蹤珠上顯示他距離我們不遠。」

奎薩爾再次出聲，「即便能活下來，但你會看不見。」

「放心，瑟諾和影校的老師們可以治好我的眼睛，或者用其他方式來讓我看見。」封平瀾燦笑，「妖魔太厲害了，什麼事都辦得到。所以——」

「閉嘴。」奎薩爾冷不防地打斷封平瀾的喋喋不休。

紫眸和黑眸互相凝視。

兩雙眼睛中，有著不相上下的倔強與執著。

奎薩爾咬牙，費了極大的自制力，壓下對封平瀾咆哮的欲望，一字一字地吐出話語，「這是我們的事，不需要你來逞強。」

「我沒有逞強！」封平瀾立刻反駁，「逞強是明知得不到認同，卻還是拚死拚活地努力；逞強是明明心痛得要死，卻還要假裝開心；逞強是明明孤單、明明絕望，卻死不承認，還要裝作瀟灑不在乎；逞強是明知自己不被任何人需要、早已被遺忘、沒有任何存在價值，卻還抱著妄想，行屍走肉地活著——」

一口氣飆出心中所有的話語，所有埋藏在心底已久、黑暗而脆弱的那一面。他說得太快、太用力，幾乎沒有換氣。語畢時，忍不住喘息。

殿內再度陷入沉默。

片刻，奎薩爾輕聲開口，「你不害怕？」

明明只是個瘦弱的人類……

明明什麼都沒有，什麼都不會，卻擁有妖魔也難以望其項背的、鋼鐵般的意志……

「我最害怕的，就是我剛剛所說的。」封平瀾盯著奎薩爾，堅定地開口，「如果大家不在我身邊，如果奎薩爾不在我身邊，我根本不敢說出這些話、做出這樣的決定。」

「你不必為我們做這些。」

「我可以不做，但也可以做。這是我的選擇。」封平瀾看著奎薩爾，接著一一看向其他契妖，「因為你們的出現，使我不再害怕我所害怕的東西……」

遇見這些契妖後，他的努力得到認同，他真心快樂，他不再孤單，他對生活充滿期望。

他的契妖需要他。

他有了存在的意義和價值。

他很幸福。他想要為契妖們再多做些什麼。

他知道，這樣的生活總有終止之日。與其在分離之後再次面對那漫長而乾枯的人生，不如在這裡、在此時、在此刻，讓生命轟轟烈烈地畫上句點！

封平瀾揚起笑容，對著契妖們打氣，「反正，我們可以先送些禮物，如果她不滿意的話再走人。」他踢了踢擱在地上的巨大背包，「試試看嘛。」

看封平瀾如此執著，契妖們的態度軟化。

「試了沒用，就立刻離開。」奎薩爾做出最後的退讓。

墨里斯也扳折著拳頭警告，「你只剩一件上衣可以讓你逃脫。」

「我知道了。」封平瀾轉頭看向樊，「可以嗎？」

樊沒有回答。他轉身，望著坐在華麗座席上的絲帕蔻娜，「您的意思？」

像座雕像、始終默坐在座中的絲帕蔻娜，發出了一陣輕笑聲。她的聲音和汙穢的外表相反，清脆悅耳。

「有趣……」布滿乾涸血塊的嘴角揚起，「受限於創始法則，讓我淪落到今日這樣的處境……」

看不見雙眸的紅褐色臉孔，轉向了封平瀾。封平瀾感覺到強大的壓迫感，全身不自覺地發顫。

「想保全性命，又想得到答案，不是不可能，除非你獻上……」

她的嘴唇微微掀動，卻沒人聽得見她所說的話語，像是被切換成靜音的影片。

絲帕蔻娜發出一聲自嘲的笑聲，喃喃低語，「這樣的提示也不行？真是嚴苛吶……」

她兀自無聲地說了一段話。眾人依然聽不見，卻可以感覺得到，她說話的對象不是他們，看起來彷彿在自言自語。

片刻，絲帕蔻娜的聲音再度出現。

「讓我見識你的能耐吧，至上神的造物……」

寒冬夜，山腰上的雪白洋樓。

屋裡，亮著微弱的燈光，兩路不速之客在大廳處交鋒。

攻擊的咒語襲來，清原及時閃避。

他轉頭，看清了攻擊者的樣貌，他在檔案上看過好幾次了——是紳士怪盜。

又一波兵戎相見，清原堪堪閃開。

以往，他在防守時同時能施展攻擊，紳士怪盜的招式並不複雜，他可以在半分鐘之內占上風，制服這樣的對手。

但此時，他的思緒處在難以掙脫的恍惚之中。

因為他看見了令他意想不到的人。

他的同事、他的摯友——封靖嵐。

清原看向紳士怪盜。對方雖對他發動攻勢，眼中卻有著明顯的無奈。

他恍然。

所以，挾持了紳士怪盜的人，是你嗎？

靖嵐……

震驚、錯愕、不解，太多複雜的情緒在清原的心中翻騰，使得他的動作遲鈍，無法發揮平日的水準。

所以，綠獅子的所作所為，亞可涅郵輪上發生的事，以及召喚師被獵殺……

你也參與其中嗎，靖嵐？

紳士怪盜再次對清原施出一記妖咒，清原反射性地擋下。以滅魔師的能力，這樣的妖咒對他無效——

但出乎他的預料，妖咒並未化解，而是結結實實地擊中他。

怎麼會?!

鈍痛襲上了他的全身，他覺得自己的腦子像是炸開了一般。

清原睜著眼倒地，意識漸漸遠離。

封靖嵐起身，緩緩走向癱倒在地的清原。

清原努力地睜開眼，想看清楚此刻的封靖嵐臉上是什麼表情，但是眼前的畫面，迅速地被黑暗吞沒。

封靖嵐彎下腰，以僅有他聽得見的耳語聲，輕柔低喃。

「……對於失去摯友，我感到非常遺憾……」

清原思緒中斷，眼眸闔上。

岳望舒站在一旁，看著蹲在清原身旁的東尉。

他不曉得東尉是什麼表情，他知道清原沒死，剛才的攻擊還不足以致命。

這是東尉要求的，東尉要清原謙行活著。

「接下來呢，」岳望舒出聲，「要把他留在這裡嗎？」

「不，他還有用處。」東尉站起身，對守在屋裡另一側的瓦爾各開口，「帶他上車。」

瓦爾各將昏厥的清原像貨物一般扛起，走向屋外。

岳望舒觀察著東尉的表情，企圖看出些蛛絲馬跡。但東尉看起來和平時一樣，看不出特別的情緒。

但他感覺得到，東尉仍然不爽。從三天前接到矍煬的來信之後，一直處在盛怒的狀態。

「把這裡清理一下，順便找出他帶來的東西。」東尉下令。

「喔。」

岳望舒順從地立刻開始動作，將屋裡因打鬥而凌亂的家具歸位，並收拾破損的物品。當他移動到沙發旁邊時，他看見角落處有一個皮製提袋，看起來並非原屋主所有。

岳望舒不動聲色地把提袋往沙發下踢去，然後假裝什麼事也沒發生，繼續勤奮地收拾整理。

東尉盯了岳望舒片刻，聽見瓦爾各的進屋聲後，便轉身上樓勘查其他房間。

岳望舒趕緊把握時間，蹲下身，拉出提袋。趁著東尉離開、瓦爾各又還未步入客廳的十幾秒時間，搜查清原的袋子。

一打開袋子，映入眼中的便是他折的紙花和他寄出的信。兩樣對他不利的證物，大剌剌地躺在袋中的資料和雜物最上端。

「該死！」

岳望舒倒抽一口氣，心跳差點停止。

幸好他先發現，要不然就死定了！

他趕緊抓出紙花和信件，塞入沙發下方。手抽出時，瓦爾各正好步入客廳。

岳望舒立刻抓起提袋，站起身衝向瓦爾各，他不想讓其他人接近沙發。

「我找到了！」由於過度緊張，岳望舒的語調不自覺地高揚。他意識到不妙，連忙朗笑掩飾，高舉提袋。「我找到這個袋子！」

瓦爾各一挑眉，「裡頭是色情光碟？」

「不是！是那個滅魔師的東西！」

瓦爾各不解，「那你有必要這麼興奮？」

「呃，這是因為……」岳望舒飛快地思索，腎上腺素讓他在極短的時間內做出了最適當的反應。他抓抓頭，噍了口口水，以略帶不好意思的口氣，小聲解釋，「東尉要我找出清原帶來的東西，我怕如果找不到的話，下場會和前天那個妖魔一樣。所以剛剛發現這個袋子時，有種劫後餘生的感覺……」語畢，他偷偷地觀察瓦爾各的表情。

瓦爾各接受了這個理由，露出認同的表情。

「的確。」瓦爾各接下提袋，「你最好別惹他生氣。」

過沒多久，東尉走下樓，臉上掛著笑容。

但是當岳望舒和瓦爾各看見那笑容時，心中暗暗叫糟。

兩天前，他們也看見東尉露出了那樣的微笑。

然後東尉在三分鐘之內，殺掉了三皇子和綠獅子派來的人馬。二妖一人，在瞬間以極慘烈的方式被撂倒。

這不是好兆頭。

他到底在樓上看見了什麼？

「搞定了嗎？」東尉微笑著詢問兩人。

「都好了。」瓦爾各遞上提袋，「這是清原的東西。」

東尉接下袋子，打開瞄了一眼，遞回給瓦爾各。

「走吧。」東尉開口，「該回去好好招待我們的睡美人了。」

遠離市中心的郊區邊境，老舊的社區內，盡是四五層樓高的矮公寓。因人口外流嚴重，社區裡沒剩幾戶人家。偌大的建築群裡，只有幾扇窗，隱隱亮著慘白的燈光。

其中一棟五層樓公寓，頂樓加蓋了一間鐵皮屋。布滿鏽痕的鐵屋沒有半扇窗，僅有一扇門。鐵皮屋內是一個寬敞的房間，四面被漆成白色，裡頭沒有任何隔間、裝潢和家具，有如純白的盒子。白漆底下藏著繁複而精密的結界。

這是一座純白的牢籠，囚禁著兩隻困獸。

房間中央，昏迷的清原躺臥在地，雙手被銬在身後。

牆角，岳望舒背靠著牆，席地而坐，整個人因屋裡的結界而疲憊不已。

岳望舒看著倒在地上的清原謙行，不安地嚥了口口水。

這個人就是在調查他的滅魔師。

他確定清原撿到了他的紙花，收到了信。既然清原發現他留下的線索，那麼，除此之外他還發現了什麼？

清原的出現，對他此刻的處境是否有幫助？

伏臥在地上的清原雙目緊閉，束在腦後的馬尾披垂在肩上，橫拂過臉面。

岳望舒盯著對方，接著移動身子，跪坐在清原的身旁。

明明是男人，卻留著這麼長的頭髮，分明是想誤導人嘛……

他下意識地伸手將對方垂落在臉上的髮絲撥開，露出完整的俊顏。

岳望舒長嘆一聲。

雖然他對清原一無所知，但他知道對方的下場會很不妙，比他還不妙。

他還記得，當清原在封平瀾的住屋裡看見東尉時，露出了震驚、錯愕又絕望的神情。

顯然這兩人本來就認識，甚至可能感情不錯。

在那樣的場合和朋友重逢，就像在相親時發現對象是前妻一樣糟糕吧。

「唔……」

細微的低吟聲從地上傳來，昏迷中的清原似乎有了反應。

岳望舒趕緊甩了甩頭，振作精神。

如果不事先和清原套好說詞，那他的下場會更糟！

雖然他已將紙花和信件藏起，但若清原以為那些東西是為了引自己上鉤的陷阱，把對他不利的證詞全都吐出，那就慘了！

「喂，喂！」岳望舒推了推清原的肩，「聽得見嗎？」

清原沒有反應，只是呼吸變得紊亂起來。

「你還好嗎？喂？」

岳望舒一手伸到清原頸後，將對方的頭輕輕托起，另一手拍了拍對方的臉。

清原的眼皮顫了顫，但依然沒睜開。他的嘴唇微張，發出一陣微弱而含糊的聲音。

「你在說話嗎？」岳望舒側耳湊向清原的臉，想聽清楚對方吐出的是詞句還是呻吟。

就在這時，房門開啟。

瓦爾各一開門，就看見岳望舒跪在清原身旁，捧著對方的臉，靠得極近。

這畫面讓他皺眉。

「呿呿！退開！」他像驅趕穢物般揮手斥喝岳望舒，「我應該建議東尉帶你去結紮！」

「你當我是發情的野狗嗎?!」岳望舒放開清原，退到一旁，同時不滿地怒吼，「況且這傢伙是男的！我還沒飢不擇食到這種地步。」

瓦爾各不以為然地哼了聲，走進房裡，雙手環胸站在牆邊，盯著屋裡的兩人。

「你站在那裡幹嘛？」

「東尉說他快醒了，派我來看著。」瓦爾各挑眉，「你似乎不希望我在這裡？」

「廢話。」

瓦爾各搖了搖頭，「你真的很糟糕。」

「就說了不是你想的那樣！」

「嗯……」躺在地上的修長身影，發出了一陣低沉的呻吟。

岳望舒緊張地轉頭看向清原。

醒了？

清原重咳一聲，呼出了一口濁氣，緊閉的雙眸顫動，接著緩緩睜開，正好與岳望舒四目相接。

岳望舒在對方眼中看見了明顯的怒意。

「是你……」清原咬牙切齒地開口。

岳望舒感到一陣暈眩。

完了。

這傢伙，八成誤會他和東尉是一伙的……

岳望舒心臟狂跳，腦中浮現出兩天前那隻死在自己面前的妖魔。

在一瞬間，妖魔的雙目、腦門和咽喉同時被東尉以長釘貫穿。倒地之後沒有立刻死亡，而是在無法動彈、無法呼救的情況下，拖延了一陣才死去。

他覺得，自己的腦門和雙眼此時也隱隱作痛起來。

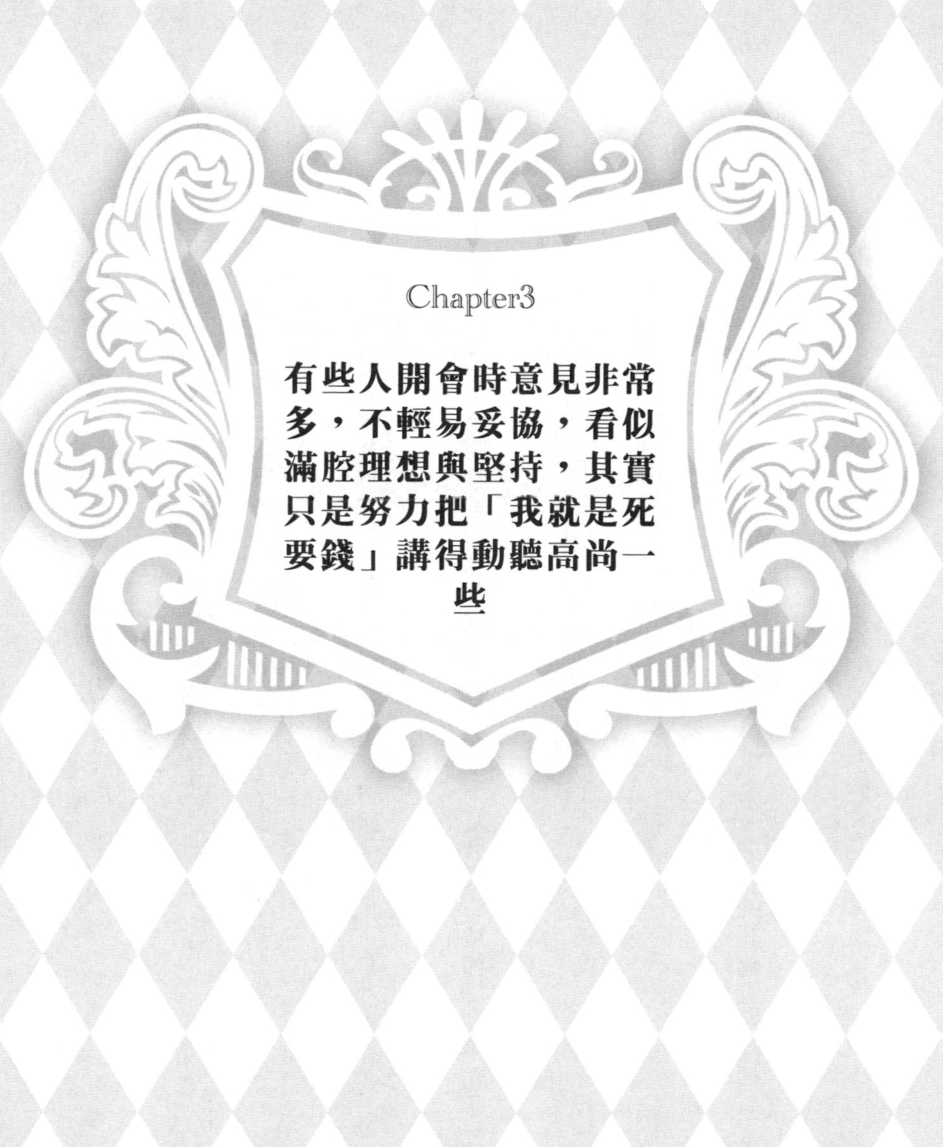

Chapter3

有些人開會時意見非常多，不輕易妥協，看似滿腔理想與堅持，其實只是努力把「我就是死要錢」講得動聽高尚一些

兩日前。

紐約，曼哈頓，中城區。

高樓林立的大都會，白晝時分車馬喧囂，整座城市充滿了生命力。

一棟位於精華地段的摩天大樓，挑高大廳鋪著乳白色大理石磚，堂皇明亮，上班的人來來往往，為了各自的職務繁忙。

大廳兩側，白金色面板的八座電梯入口前排滿了人，上班的人們不耐煩地等待，盯著緩慢變動的樓層數字，焦躁不已。

「好慢。」一名女子向身旁的同伴抱怨，「你不覺得今天的電梯特別慢嗎？我已經等五分鐘了。」

「確實。」拿著咖啡的男子盯著數字燈，「但似乎不是電梯速度的問題。我總覺得今天排隊等電梯的人比平時多，隊伍消化得很慢。」

「是嗎？」女子看了看身旁排隊的隊伍。雖然來自不同樓層，不同公司，她也不全然認識，但是從對方的穿著打扮和一樣焦躁的態度看得出來，排隊的其他人也都是原本就在大樓裡工作的員工。

看起來不像是出現了量多得足以影響電梯運作的訪客。

那，到底是什麼原因呢？

煩躁的上班族們困惑又無奈地等待著電梯。沒有人發現，所有的人群，不約而同地只聚集在其中六道門前。

最裡側，對向的兩座電梯，眾人完全忘了它們的存在，沒人站在前方等待。

不久，一名身穿名貴灰色西裝的男子，以及一名穿著藍白花紋洋裝的女子，分別從大門的兩個入口，隨著進樓的人群步入大廳。

兩人的外貌搶眼，行經之處眾人無不紛紛回首。但是，當人們將視線從他們身上移開時，這兩人的樣貌便從腦中消失。

兩道人影穿過了等待電梯的人潮，來到最裡側。

對開的兩道電梯前空無一人，男子和女子此時才留意到對方的存在。

他們互看一眼，同樣高傲的眼神，同時浮現不屑的神色。彼此沒多言，各自轉身，背對背地走向左側和右側的電梯，按下鈕，同時進入。

門扉關起。

左側電梯內，女子的眼眸瞬間變成豎瞳，閃爍著淺綠色的幽光。美豔的臉孔露出厭惡的表情。

「綠獅子的召喚師……」她發出了蛇一般的嘶聲，接著回復正常。「該死的東尉，竟敢煽動三皇子接受這樣的餿主意……」

右側電梯內，本應只有男子一人，但他身旁的鏡子卻映照出另一道人影。擁有橘色眼眸和四隻手臂的灰髮青年，恭迎地守候在一旁。

「剛剛那女人是皇族手下的妖魔吧。」西裝男子嫌惡地冷哼。

「是的。」

「我不喜歡那群僭行的妖魔。」電梯向上，來到了二十六樓，「東尉那傢伙最好有個好理由說服我和他們合作。」

電梯門開啟。兩道人影走向烙著「人力派遣公司」字樣的大門。瓦爾各正站在櫃檯前，恭敬地行禮迎向來者，「請往這裡走。」接著，引導來客前往大會議室。

狹長的會議室中，以U字形陳列了兩道長桌。兩側的桌旁已坐了不少人。

女子筆直地朝左側的座位走去，男子則是毫不考慮地走向右方，來到最前頭的空位。

一邊是三皇子旗下的妖魔，一邊是隸屬綠獅子的不從者。兩派人馬壁壘分明，以帶著敵意的目光看著對方。

雖然過去綠獅子和三皇子陣營在東尉的斡旋下，交涉往來過不少次，但雙方總是各自為政，間接合作，從未像現在面對面地聚在一起會談。

「看來人都到齊了，時間剛好。」站在正前方的東尉，笑著開口，「大家舟車勞頓地趕來這裡，辛苦了，很高興能看見你們全數出席。」

眾人的目光看向前頭，眼中的不滿和敵意更加明顯。

「隔著幾條街就是協會的中央文教總部。」一名不從者以帶著慍意的語氣開口，「這裡往來的召喚師密度比其他地區還高，你是故意選這地點？」

「噢，當然是。」東尉坦然地承認。他無視那劍拔弩張的氣氛，從容地掛著營業笑容，爽朗地開口，「很高興大家都安然抵達。因為，若是連這裡都無法順利進入，更別提接下來要潛入全是召喚師的影校了。」

「你試探我們？」一名妖魔勃然。

「說不上試探，只是個小小的面試罷了。」東尉笑了笑，「難道說，三皇子的人馬沒有自信全數通過？」

右側座席的綠獅子成員發出了不屑的嗤笑聲。雖然他們也不滿東尉的作為，但他們更不願意示弱。

方才發言的妖魔被同伴怒瞪了一眼，便悻悻然地閉嘴。

坐在左側前方的妖魔，灰色眼眸中閃著鱗光。其名鋭轤，是來此的妖魔群的領袖。詭異的灰瞳陰厲地瞪向東尉，不耐煩地沉聲催促，「切入正題吧。我不想和召喚師待在同一個空間太久，那讓人感到不適。」

「是擔心被我們殲滅嗎？」右側前方座位的男子冷笑。他是綠獅子方的代表赫拉德．史達爾。「你該不會嚇到失禁了吧？我之前狩獵的妖魔，死前就是這樣哭著向我求饒呢。」

鋭轤舉掌揮下。數十道碎光朝赫拉德激射而去。

赫拉德的懷錶微震，接著，長著四隻手臂的契妖驀然現身，四手皆持匕首，同時揮動，以繚亂的姿態將碎光一一斬落。接著將手向前一揮，四把匕首齊刷刷插入桌面，有如藩籬，阻嚇意味十足地隔擋在鋭轤和赫拉德之間。

長桌兩側的人們開始騷動。雙方人馬體內都有著好戰的因子，非常渴望能痛快地殺戮眼前的敵手。

「請各位冷靜。」東尉苦笑。雖然情況在他的意料中，但仍感到些微煩心。「大家各為其主，應該都能明白，主子的命令高於個人好惡。各位都希望自己的主子開心，對吧？」

想起個性陰晴不定的三皇子和聖女，雙方人馬的氣燄立刻消退了不少。

東尉暗哂。

看來，有個惡名昭彰的壞老闆，在某些時候也挺好用的。

他繼續開口，「這次的任務本身非常簡單，但是過程有一點點麻煩，需要兩方合作才能順利進行。我之前已將詳細的計畫和步驟傳送給各位過目，若是對於計畫有疑問，現在可以提出。」

「我看了你的計畫，你打算讓我們進入召喚師學校？」一名綠獅子成員開口。

「是的，影校內都有結界，我希望你們能混在工程團隊裡，趁施工時在校園裡安放預備好的咒具，便能削弱結界的力量。所有細節，在我傳給各位的檔案裡都有清楚的說明。」

東尉流利地說著，話語裡真假參半。

步驟和過程是真的，但目的是假的。安放了咒具之後，並不能削弱影校的保護結界。

「何必多此一舉？既然都要混入校園，乾脆一舉殲滅裡面的召喚師們。」銳蠦不耐煩地哼聲。

「召喚師？影校裡只有還沒出師的學生和沒什麼用的教書先生，屠殺老弱婦孺還真威風吶。」赫拉德輕笑著看向東尉。「我比較好奇的是，為什麼要入侵影校？這有什麼意義？」

「各位，冷靜點。」東尉耐著性子再次開口，「全世界最大的空間通連結界，全都設立在影校中，而且影校的空間通連結界上規制的咒語最少，也最穩定。為了達成三皇子和聖女的理想，控制影校是必要的。」

東尉再次流利而篤定地說著半真半假的謊言。

影校的通連結界確實最大也最穩定，對於侵略者非常有利。

但是，他控制影校的目的並不是為了那些結界，更不是為了三皇子和綠獅子。而是為了他自己。

「還有什麼問題嗎？」

「既然是合作，為什麼我們要屈就於綠獅子之下？」銳蠦質問，「要我們偽裝成契妖？扮演人類的走狗是我族的恥辱。」

綠獅子方的人馬倒沒什麼意見，因為在東尉的計畫裡，他們的主導權大於三皇子的妖魔。

「不從者雖是協會通緝的對象，但畢竟也是召喚師。讓非法召喚師來扮演合法召喚師，會比妖魔來扮演召喚師來得容易。」東尉解釋。

「我的人手由我指揮。反正只要侵入影校，過程就用我們的方式進行。」

「但是這樣非常危險，可能會害你的同伴喪命——」

「你把我的同伴弄來人界時也死了不少，少貓哭耗子了。」

東尉苦笑。

傷腦筋，沒想到三皇子派了這麼固執的傢伙過來。要怎麼說服他呢？再端出三皇子的名號來唬人，不曉得有沒有用……

手機鈴聲響起。東尉看了桌上的手機一眼。

「抱歉，失陪一會兒。」東尉拿起手機，「兩側的休息室準備了茶點，各位先休息一會兒吧。」

東尉離開會議室，一邊走一邊接通電話。

「你要的資料剛剛寄出了。」蜃煬的聲音傳來。

「謝了。」

「不用謝。」蜃煬發出意味深長的笑聲，「先說好，不能生氣呀。」

東尉停頓，「……你做了什麼？」

「應該說，我沒做什麼。」電話彼端的蜃煬笑了一陣，「反正你只要知道，你還是占上風就是了。」說完便掛上了電話。

東尉盯著電話，皺起眉。

蜃煬雖不至於對他不利，但這傢伙反覆無常，難保在背後搞些小動作添亂。

只要不阻礙他的計畫，他並不在意蜃煬搞什麼小動作。

東尉走向樓梯間，往上走一層樓，接著轉入位在角落的小工作室裡。

推開門，電視的聲音響起。岳望舒正坐在沙發上，一邊吃著昨晚瓦爾各幫他叫的披薩，一邊看著肥皂劇。

岳望舒抬眼看向東尉，沒多大的反應，繼續吃著自己的披薩。

他已經習慣對方不敲門就闖入，習慣毫無隱私的生活。

「挺悠哉的嘛。」東尉輕笑，「之前我一出現，你的反應可激烈了。」

岳望舒露出厭惡的表情，「你的說法真讓人不舒服。這裡是辦公室，你算是職場性騷擾。」他自暴自棄地回嘴。

「你希望我讓你舒服？」東尉哼笑，「別得寸進尺了。」

岳望舒呆愣，手中的披薩掉了一塊到腿上。

「呃，你病了嗎？」

「沒什麼，只是剛才和太多煩人又無腦的傢伙待在一起，相較之下覺得你還算可愛討喜。」

岳望舒雞皮疙瘩冒起。

太詭異了。

東尉走向位於內側的辦公桌，在經過岳望舒身後時，發現茶几上的披薩盒旁邊擺了一條苦瓜和美奶滋。

「……撤回前言。你果然是個非常令人作嘔的傢伙。」東尉嫌惡地皺起眉，「我不想知道你打算怎麼使用這些東西，但若是讓我看見過程的話我會揍你。」

「他媽的你想到哪去了！這是你的好搭檔瓦爾各買的！我說我的飲食缺乏纖維素，那傢伙就丟了這兩樣東西給我！」岳望舒拿起苦瓜，用力地往桌子上敲了兩下，以示抗議，「這能吃嗎？你叫他吃給我看啊！」

東尉對於瓦爾各和岳望舒的恩怨沒興趣，逕自走入辦公桌後，打開電腦，點選蜃煬寄來的檔案，直接列印。

在等待資料列印出來時，東尉對著岳望舒開口，「你和蜃煬是怎麼認識的？」

岳望舒遲疑了一下，狐疑地轉過頭，「問這個幹嘛？」

「發問的是我，你負責回答。」

岳望舒不悅地碎唸兩聲，然後老實開口，「有一次我偷東西失手，差點被召喚師逮到。

情急之下，我偽裝成被妖魔殺害的人類，躺在現場。本來以為他們會讓人類的警察來處理，沒想到他們把我送到了雅努斯。」

他那時才知道，死於妖魔之手的人類，都會先被送到雅努斯殯儀館。一方面是為了消除屍體上的咒語遺毒，一方面是為了把屍體處理成一般人能理解的死因。

「蜃煬沒揭穿我，而是讓我離開。他說他厭惡協會，所以幫我。後來我們經常互相幫忙，交換情報。」

他看著東尉，不曉得對方今天為何這麼多話，為何突然對自己有興趣。

「這些事你可以問蜃煬吧？」

「是可以，但他會向我收取代價，所以我只向他索取必要的情報。」東尉微笑，「為什麼退出協會，與協會為敵？」

岳望舒翻了翻白眼，「我根本沒有退出協會好嗎？我從來沒機會加入。」

「喔？」

岳望舒撇了撇嘴，沒好氣地回答，「我是在育幼院長大的孤兒啦。在我自己發現妖魔和召喚師的存在以前，沒人告訴我這個世界有另外一面。」

這答案出乎東尉的預料，他詫然挑眉。

擁有滅魔師體質，在無人教導的情況下，自行摸索出操控能力的方法，還高調招搖地現身，在協會的眼皮底下作亂。

這傢伙還真帶種。

孤兒是嗎……

看來，他們還是有些共同點的。

岳望舒見東尉不語，這讓他覺得有點尷尬，便輕咳一聲轉移話題，「你在印什麼？」

「和你有關的資料。」

岳望舒心頭一顫，心虛地乾笑兩聲，「什麼樣的資料？該不會有我的上網紀錄吧？我先澄清一下，會連到那個俄羅斯人獸交網站完全是一場誤會，我的口味可沒那麼重。」

印表機停止運作。東尉拿起紙張，一頁一頁地翻閱。

岳望舒膽顫心驚地盯著東尉，觀察對方的表情。

該不會是他傳送紙花和信件的事被發現了吧？

他心跳加速，努力地保持冷靜。

如果情報對他不利，東尉想攻擊他，他該怎麼辦？

他側頭張望周遭一眼。能力被封印的他手無寸鐵，手邊唯一能當作武器的，只有那根苦瓜。只能希望東尉對苦瓜過敏……

東尉將手中的紙張往下翻了一頁。

臉色驟變。

東尉的笑容斂起，面無表情，整個人散發出強烈的肅殺氣息。

岳望舒嚇得整個人重重一震，心臟彷彿跳漏了一拍。

文件上到底寫了什麼？

更重要的是，他還能活過今天嗎……

東尉的目光停留在同一張頁面上好一會兒，整個人動也不動，有如雕像。

「鈴……」

辦公桌上的電話響起。東尉置若罔聞，維持著原本的姿態。

片刻，電話聲停止。

又過了片刻，東尉放下手中的文件，看向岳望舒。

那依舊帶著殺意的眼神，讓岳望舒幾乎要尖叫出聲。他差點沉不住氣，拔腿就跑，但他的直覺要他忍下。

東尉揚起嘴角，「看來，你和我出乎意料地有緣吶……」

「啊？」

岳望舒不曉得東尉的意思，但他知道自己安全了。

暫時。

「看來，我們又得出遠門了。」東尉輕嘆。

「喔……嗯，好啊……」岳望舒一邊應聲，一邊繼續觀察東尉。

或許，東尉並沒有他想像中那麼生氣？或許，他只是反應過度——

門扉忽地開啟，瓦爾各進入了屋內。

「我剛打電話沒人接，所以直接上來了。」瓦爾各的臉上掛著困擾的神情，「銳蠦和赫拉德又起了紛爭，他們要見你。」

東尉長嘆，「真不巧，我現在很忙。」

「我去請他們再等一會兒？或是讓他們先回去，改日再個別——」

「不。」東尉漾著燦爛的笑容，輕柔地開口，「我的意思是，我已經忙到沒有耐性了，直接請他們上來吧。」

瓦爾各感覺得到東尉不對勁，但他沒多問，識相地轉身下樓執行命令。

「你。」東尉對岳望舒喚了聲。

「呃！是！」

「拿幾個垃圾袋過來。」東尉轉頭，望向岳望舒笑道，「越大越好。」

東尉眼中的寒意，讓岳望舒打了個冷顫。岳望舒立刻起身衝向倉庫，然後折返。

過沒多久，瓦爾各再次上樓，他的身後跟著四個身影：赫拉德與他的契妖；銳蠦和他的副手。

一行人進入後，銳蠦首先出聲發難。

「你怠慢的態度——」

不等銳蠦說完，東尉伸手疾揮，在一瞬間將黑色的長磔釘釘入了對方的咽喉與腦門。

一旁的赫拉德瞪大了眼，還來不及反應，東尉便反手伸掌箝住了他的咽喉。

赫拉德的契妖立刻揮動匕首，但下一秒，四隻手掌就被射出的長釘貫穿。他痛得哀鳴，喉頭卻隨即被磔釘刺穿。

赫拉德的臉色開始發紫。他的契妖忍痛舉起手，朝著東尉疾射出一道冰鏃。

東尉看也不看，任憑冰鏃打向他。但即便被擊中，除了衣服破損，他全身毫髮無傷。

東尉冷笑著轉過身，揪起契妖的手爪，往赫拉德的胸口用力插下。赫拉德和契妖同時露出震驚的表情。

這時，東尉拔起了契妖掌中的長釘，往那被灰髮覆蓋著的額頭，插下。

東尉鬆手，兩具身形紛紛倒地。

眾人進門不到三分鐘的時間，屋裡便多了三具屍體。從頭到尾，東尉的臉上都掛著那過分開朗的笑容。

岳望舒和瓦爾各站在一旁，從頭到尾未吭一聲。雖然早就知道東尉的身手狠厲，但這是他們第一次看到東尉這樣殺人。

東尉轉過頭，望向站在角落、隨著銳蠦一同上樓的副手。對方背靠著牆，瑟縮發抖。

他微笑著一步步走過去，笑問，「你叫什麼名字？」

「唳、唳犺……」妖魔恐懼不已，顫抖地回答。

東尉點點頭，「銳蠦大人因另有公務，所以提早離開。傍晚時分，他會在路上遇見協會的召喚師，經過一番激戰，銳蠦大人不幸犧牲。因此，你便接替銳蠦大人的位置，領導妖魔們執行計畫。你知道該怎麼做嗎？」

唳犺連忙點頭。

東尉偏頭一笑，將手伸向了對方的頸子，「確定？」

唳犺感到頸部傳來一陣刺痛感，驚叫了聲，連忙更用力地點頭。

「很好。」東尉移開手。

唳犺的頸上，浮現了一道黑色印記，片刻便消失。

「接下來我有些私事要處理，麻煩唳犺大人帶著您的手下離開。」

「是、是！」

唳犺迫不及待地想逃離，他不想再和這危險恐怖的男人多待一秒鐘！

「噢，對了。」東尉的聲音再次響起。

唳犺緊張地停下腳步，驚恐萬分地轉頭望向東尉。

東尉勾起嘴角，「恭喜升職。」

唳犺離開後，東尉讓瓦爾各下樓打發綠獅子的人馬，並讓岳望舒留在工作室內，清裡屋裡血腥的殘局。

東尉則離開了大樓，來到位在幾個街區外的小旅社。他進入自己租下的房間，打開擱在櫥櫃裡的皮箱，拿出一顆裝飾用的聖誕雪花水晶球。

東尉撥開開關，將水晶球放在桌上。晶球內，雪花環繞著一棟黑色的小屋飛舞。

他拿出長釘，刺向掌心。鮮血汩汩流出，淋向水晶球，但血液甫一滴落那光滑的球面便消失無蹤。

鮮血淋灌了片刻，球裡的雪花逐漸變色，化為片片殷紅。黑色的小屋窗戶內亮起了燈，前門緩緩打開。

一道光從小屋門口射出，光線在空中延展拉伸出一條光道。

東尉沉著臉，步入了光道之中。

踏入光道之後，眼前的景色立刻改變，此刻他已身處在雅努斯殯儀館之中。

蜃煬一如以往地坐在櫃檯前。他趴在桌上，撐著頭，嘴裡叼著巧克力棒，笑望著東尉。

「動作真快呢。這麼想我？」

東尉凜著臉走向蜃煬，但他甫啟步便發現，當他一離開光道，便會回到自己的旅社租房。他只能站在光道之中，無法靠近蜃煬半分。

「這條捷徑是我幫你開的，我能操控路徑的狀態。」蜃煬笑道，「我覺得我們現在不適合在一起，彼此都需要給對方一點私人空間，讓情緒沉澱。」哈哈哈，聽起像爛爆了的分手臺詞。

東尉冷哼，「不敢讓我過來，是因為作賊心虛？」

「我才不會心虛呢，因為有良心的人才會心虛。」蜃煬拿下叼在嘴邊的巧克力棒，指向東尉。「我知道你是來找我算帳的，但在你興師問罪之前，先想想，我和你，誰欠誰更多？哪一個人消失了，會讓另一個人更困擾？」

東尉瞪著蜃煬，無法反駁。

蜃煬說的是實話，他還需要蜃煬為他做事。

他深吸一口氣，勉強壓下怒意，沉聲警告，「或許你確實有存在的價值，但是太過自負，小心玩火自焚，招來毀滅。」

蜃煬嗤聲，發出尖笑，「沒差，我早就毀壞得差不多了。」

他也已經沒有什麼可以失去的東西了。

現在他活著的唯一樂趣，就是窩在他的籠子裡，看著籠外人被他耍得團團轉，然後將整個世界搞得天翻地覆。

東尉哼了聲，切入正題，「為什麼那票學生能接下賞金任務？」

「這是曦舫那位理事長的意思，」蜃煬喀哩喀哩地咬著巧克力棒，「我只知道丹尼爾做這些事，完全是憑私意而行，背著協會偷偷亂搞的。」

東尉本想質問為何蜃煬不舉報，但轉念一想，便覺得這問題相當愚蠢。蜃煬憎惡協會，只要是能違反協會規定的事，他什麼都願意幹。

「他察覺到什麼了嗎？」

「我哪知道，我只是按照他的要求，分配任務給他派來的學生而已。」蜃煬笑了笑，「真巧，他們調查的案件，有好幾件都與你有關呢。」

東尉咬牙，忍下朝蜃煬拋射礫釘的欲望。

蜃煬抽出另一根巧克力棒，「順帶一提，『鋃鎖』也來了。他對你帶著的新寵物，還有你身後的那幾位大人物，非常有興趣。」

東尉微微一震。

「鋃鎖」是滅魔師的代號。

他認得這代號的主人……

「他調查紳士怪盜多久了？為什麼他的名字不在名單上？」

「你之前向我要的名單，是向中央檔案庫調閱過紳士怪盜資料的人。」蜃煬勾起狡猾的笑容，「你沒有問我滅魔師的調閱紀錄。」

「……我的耐性相當有限。」東尉微笑，「不要惹我。」

「你的能力也有限。此刻你動不了我，你還需要我。」

「你該為此感到慶幸。」東尉深吸一口氣，穩定情緒，提出他最想問的問題，「……為什麼『他』也在那群學生裡？那些契妖又是怎麼回事？難道『他』已經想起一切——」

「停停停。」蜃煬舉起手，打斷東尉的發問。他撐著頭，皺眉反問，「你到底多久沒回去啦？難不成我給了你娃娃之後，你就完全擺爛置身事外啦？」

東尉不語，默認。

「真是的……」蜃煬搖了搖頭，「你的問題很複雜，我無法回答。況且，你也不能完全怪我，因為我一直都有給你暗示，是你自己忽略了。」

東尉挑眉，不解。

「你應該回老家一趟。」蜃煬燦笑，「這句話我說過好幾次了吧？」

東尉的拳頭緊握，陰狠地瞪著蜃煬。片刻，輕聲冷笑。

「……我能容忍你的任意妄為，但無法容忍被人愚弄……」

「那你最好換個合作對象。你很好，但顯然我們不適合彼此，希望你能找到更適合你的人——哈哈哈哈，蠢爆了。」蜃煬對著東尉揮揮手，「我要追劇了，請你離開。等你冷靜點之後，再帶著禮物從正門來拜訪吧。拜拜！」

語畢，蜃煬伸手覆上櫃檯上的水晶球。

水晶球內的雪花已變回白色，沉澱在底部。球裡的小黑屋，熄了燈，關上了門。

光線閃動，下一刻，東尉的身影消失。

蜃煬嚼著巧克力棒，雀躍而得意地哼笑著。

「越來越精彩了吶。」

方才東尉的神情，可真是經典。

對他而言，惡作劇最大的樂趣，便是欣賞自己愚弄的對象發現真相時惱羞成怒的表情。

蜃煬伸了個懶腰，雙腳伸直，往地面一蹬。滾輪辦公椅向後滑動，來到了長桌角落處。

他哼著歌，伸出手，順手從未拼入的拼圖堆中抽出一塊，接著，悠哉而從容地拿到面前，端詳了片刻。

「哈。」

他將拼片拼入正確的缺口。巨大的畫面裡，已完成了七成。

其中，惡魔的樣貌已然成形，只差幾片便能完整。

另一半，手持聖劍的大天使七零八落，連個大致的輪廓也沒有。

蜃煬煬起嘴角，笑呵呵地喃喃自語。

「丹尼爾……這次，你的主子打算袖手旁觀了呢……」

蜃煬切斷通道的那一刻，東尉便回到了原本的房內。

他低咒了聲，將水晶球擺飾收起，簡單地包紮了掌心傷口之後，便提著皮箱離去。

他想立刻前往雅努斯，清算蜃煬。

但他有更重要的事要處理。

他叫了輛計程車，前往曼哈頓的下城區。

下午時分，街道上的人群享受著冬季午後的日光，悠閒自在地活動漫步。東尉穿過街巷，踏著急促的腳步，來到了熟悉的公寓前。

推開門，一名少年正躺在窗邊的地毯上，一邊曬太陽，一邊看書

小兵見到來者，驚訝不已，「哇，你今天回來得真早。」他闔上書，走向東尉，「工作很順利？」

「不太順利。」東尉苦笑，「出了點問題，新來的人搞不清楚狀況，添了些麻煩。」

「那怎麼辦？」

「這個嘛……」東尉搔了搔下巴，「我用稍微粗暴的方式解決了。」

小兵笑出聲，接著便發現東尉手上的傷，臉色轉為擔憂，「你受傷了，還好嗎？」他皺起了眉，「看來你的新同事很凶……」

東尉笑了笑，伸手撫了撫對方的頭，「放心，這傷口與他們無關。」想到蜃煬，他忍不住咬牙，「只是被一個小賤人整了。」

「啊，你說粗話！」小兵笑著伸出指頭，在東尉的面前搖了搖，「要罰錢。」

東尉握住面前的手指，「我現在沒有小鈔，先欠著吧。」

「你已經欠了六次了。」小兵沒好氣地抽回手，接著興奮地詢問，「所以你今天沒事了？我們可以去博物館嗎——啊，等等，現在去的話可能已經閉館了，還是去騎腳踏車好了。你覺得呢？」

面對一臉期待的小兵，東尉惋惜地輕嘆，「恐怕不行。我們必須離開這裡了。」

「噢，好吧。」小兵順從地點點頭，但眼中有著明顯的失落，「什麼時候出發？這次要去哪裡？」

「我晚上回來時就走。」東尉不捨地看著小兵，「然後，這次的行程不太一樣……」

「喔？」小兵眼睛一亮，「會有馬戲團嗎？」

「不會。」東尉停頓了片刻，開口，「這一次，我們得分開行動。」

「為什麼?!」小兵錯愕，隨即會意，「是不是因為……很危險？」

東尉微笑，「我不危險，你跟著去的話才危險。」

蜃煬瞞著他的事，與他的計畫有關。

最關鍵的那個人，有可能影響整個計畫的運行，讓他布了許久的局翻盤。

他不容許這種事發生。

他不會讓他最重要的人再次陷入險境……

是的，再次。

他不會讓十二年前犯過的錯，再次重演。

小兵落寞地低下頭，沉默了許久，然後發出一聲認命的嘆息。

「那，我要去哪裡？」

「我會請人照顧你。」

「誰？」

「算是……我的下屬。」

「這個人很強嗎？」

「以召喚師而言不怎麼厲害，但是非常機靈。」他施在小兵身上的防禦咒語，足以幫他擋下任何妖咒。他不需要擅於咒術的人來照顧小兵，他要的是能妥善照料小兵生活的人。

「是喔。」小兵點點頭，好奇地再次發問，「這個人有什麼特別之處嗎？」

東尉偏頭想了一下，莞爾，「她的腿挺漂亮的。」

東尉發飆離開後，瓦爾各和岳望舒只能硬著頭皮收拾爛攤子。

在瓦爾各宣布會議結束時，綠獅子所屬的休息室嘈雜不已。

「現在是要趕我們走嗎?!」一名不從者不滿地開口。

沒錯。瓦爾各心裡是這樣想，但仍耐著性子解釋，「不，不是，只是目前沒有必要繼續進行會議，所以不想浪費各位的時間——」

「為什麼沒有必要進行？赫拉德呢？他在哪裡？」原本坐在赫拉德身旁的不從者追問。

他死了。「他似乎有事要忙，我不清楚……」

「東尉人在哪裡？為什麼是派契妖過來？瞧不起人嗎！」

東尉跑了。自己並不是東尉的契妖。對，東尉瞧不起你們。瓦爾各在心中暗忖，嘴裡還是虛應故事，「他在忙，因為有一些重要的事要處理——」

「為什麼那群妖魔全走了？」有人發現妖魔們正從另一間休息室魚貫離開。眾人聞聲，紛紛對瓦爾各提出更多的質疑。

因為他們的頭子被宰了。「我不清楚——」

「為什麼他們那麼配合？」尖銳的質問朝瓦爾各劈頭而來。「該不會是因為東尉給了他們什麼額外的好處吧?!」

「當然不──」瓦爾各頓了一頓。

這句話如雷貫耳，有如天降甘霖一般，啟迪了他的思緒。

好處？

他怎麼會忘了這個！

「你說的對，確實是有好處。」

「喔？」聽到與利益相關，眾人閉口，專心地側耳聆聽。

瓦爾各滿意地看著安靜下來的人群。

他早該想到，利益是吸引人類注意的最佳關鍵字。

「參與這項計畫是有酬勞可拿的。但是──」瓦爾各壓低聲音，「只有各位才有。東尉和赫拉德就是在處理這件事。」

眾人露出了理解並欣然接受的表情。

「這事不太適合張揚，三皇子那方的人已經離開了。為了不讓外人有不當聯想，諸位最好也盡快離席。」

話語一落，所有人都非常有默契地轉身往出口移動。

當瓦爾各鬆了口氣、以為任務達成時，一名矮小的召喚師來到他面前再次提問，「那麼，酬勞多少？」

眾人停下腳步，紛紛回頭。

「我不太清楚，這不是我能干涉的細節。但就我所知，至少……」瓦爾各隨手比了個三的手勢，讓對方自己猜想。

「三萬美金？」發問的矮個子召喚師挑了挑眉，「勉強能接受，聊勝於無。」

眾人紛紛贊同，七嘴八舌了一陣之後，便三三兩兩地離開。

瓦爾各看著空蕩蕩的會議室，無力地嘆了口氣。

早知道錢這麼有用，他應該叫東尉準備一袋鈔票，要趕人時就把鈔票往窗外灑，說不定這些人會追著錢跳樓。

瓦爾各走上樓，推開工作室的門，只見岳望舒仍獨自和三具屍體苦戰。地上的血汙擦掉了一大半，但仍留有拖曳過的痕跡。

「人都走了？」岳望舒詫然。

瓦爾各點頭，坐入了沙發之中。

「我以為不從者會很難搞，沒想到還挺乾脆的。」

「是很難搞。」瓦爾各長嘆了一口氣，仰頭靠在椅背上，伸掌蓋住眼睛，苦惱地發出低吟。

「要怎麼向東尉解釋……」

「不是已經搞定了？解釋什麼？」

「解釋我為什麼弄了一筆六十萬美金的帳單給他……」

「天啊……」岳望舒由衷地同情，「希望你能平安。」

瓦爾各放下手，看向岳望舒，「你在關心我？」

他聽東尉的命令行事，一路上讓岳望舒吃了不少苦頭，沒想到這人竟然會關心他的處境……他的心裡產生些許感動，對岳望舒的好感度提升了不少。

「當然。」岳望舒搥了搥發痠的腰，「你長那麼大隻，我可不想處理你的屍體，累死了。」

Chapter4

同是天涯淪落人，相姦何必曾相識

清原感覺到有人在搖晃他。

頭部傳來的鈍痛，讓他沉在黑暗之中的意識，漸漸地清醒。

他想睜眼，他感覺到自己與清醒只有一步之遙，但是身體的不適感纏著他，讓他無法跨向現實。

搖晃感再次傳來。隨著頭部的晃動，他的腦子像是有上千根針在裡頭翻騰，戳刺著他所有的腦神經。

會痛，放開……

但是搖晃沒有停止，疼痛感越來越強烈。同時，他隱約聽見有人說話的聲音，但聽不清楚，接著有人拍他的臉。

住手。

他想開口，但是喉嚨不受控制。他用力地吶喊，但吐出的話語卻變成微弱的低吟。

住手！

忽地，另一個人的說話聲傳來。接著，他被重重地丟回地面。

頭部撞上地面，疼痛感隨之炸開。處於混沌迷濛中的意識，被狠狠地拽向現實。

清原重咳了幾聲，接著睜開眼。

映入他眼中的，是紳士怪盜驚慌的臉。

弄痛他的，就是這傢伙？

「你……」

看著清原帶著怒意的眼神，岳望舒慌張不已。

完了。

看這眼神，八成以為他和東尉是一伙的！

腦中再次浮現銳爐的死狀，強烈的求生意志強迫他思考。東尉還沒上樓，還有轉圜餘地。他不能坐以待斃！

「他醒了。」岳望舒搶先開口，不讓清原有說話的機會。

瓦爾各哼聲，「我有眼睛。」

岳望舒低頭看著清原，「我是紳士怪盜。」

「我知道。」

「他是瓦爾各。」

「……我知道。」

「然後，你被我們抓住了。」

岳望舒努力地想，想著要用什麼方式才能把自己的想法傳達給對方。在他還沒想出來之前，他只能先霸占發言權，以免清原說出不利自己的話。

「……我知道。」清原看著岳望舒和瓦爾各，不確定眼前的情況。

這段像是初級英語會話課的對話是怎樣？接下來要互相握手問好嗎？

瓦爾各挑眉，「你搞什麼？」

岳望舒壓下緊張，「我只是有點興奮——不是你想的那個意思！」他轉頭看向清原，擠出輕蔑的笑容，「因為協會以前『從未』派過滅魔師來追捕我，我一直很好奇讓妖魔和不從者害怕的滅魔師是什麼樣子。但現在看到了，感覺也不怎麼樣。」

輕佻的言語裡，藏著暗示。

——當「紳士怪盜」是他岳望舒時，協會從沒派過滅魔師來追捕他。後來協會派出滅魔師追捕的「紳士怪盜」，並不是他，而是東尉。

瓦爾各聞言挑了挑眉，將岳望舒的反應解讀為對協會的不滿。

清原以陰沉的目光望著岳望舒，冷笑，「沒見過滅魔師，卻知道對付滅魔師的咒語？」

「那是有人幫我開外掛。」

前往封平瀾住處的途中，東尉用不知名的顏料在他的掌中畫了一道符紋。

那時，岳望舒看著掌中的紋路，感覺到一股詭異又不適的感覺凝聚在手中。

那粗糙的線條好像一條蟲，讓他想甩掉。

「這是幹嘛的？」

「限制滅魔師能力的咒語。」東尉沒多解釋。

「滅魔師？我們等一下要對付的是滅魔師？」岳望舒訝異，盯著手中的符紋，不安地詢問，「這不會留下什麼後遺症吧？不會讓我的手廢掉吧？」

東尉冷笑，「放心，你還有左手能服務你。」

「我又不是在擔心這個！」

岳望舒看著符紋，腦中突然閃過一個念頭。

這道符咒這麼強的話，說不定，到時候他能趁亂解開自身的禁制，甚至對東尉——

此時，東尉忽地抬起頭，似笑非笑地看著岳望舒，「不要企圖做傻事吶。」

岳望舒心頭一驚，趕緊訕笑裝傻，「哪方面的傻事？拿這隻手尻槍嗎？我才不會。」

東尉但笑不語。這笑容讓岳望舒打消了原本不安分的念頭。

和清原對戰後，手中的符紋便消失。

此刻，岳望舒盯著眼前倒臥在地的清原，撐起鄙視又幸災樂禍的表情，「你穿的是

A.Testoni的鞋，看來滅魔師的福利不錯。我還沒買過那麼昂貴的鞋子呢。不過，就算你之前很風光，現在也一樣只是階下囚。」

「也」是階下囚。

這暗示夠明白了嗎?他的處境和清原是一樣的。那團紙花和信件，確實是求救的訊息，而非陷阱！

清原盯著岳望舒，聽出了對方話語中的暗示。

他配合地演出因被羞辱而不悅的滅魔師，勾起嘴角冷哼，「紳士怪盜……我看過你的檔案，去過你的住處，你和我的預想落差甚大。老實說，我挺失望的。」

「你擅闖我的房子?!」岳望舒發出惱怒、被冒犯的怒吼，「你們這些滅魔師真的很噁心！」

「我認為他在你房裡應該看過更噁心的東西。」瓦爾各輕笑。

「事實上，他的房裡有很多書，多半是詩集和散文集。他竟然還用花瓣當書籤，夾在書裡。」清原不屑地冷笑，「要不是看見了藏在夾層裡的光碟和人偶，我還以為自己誤闖了某位淑女的香閨。」

「閉嘴！」岳望舒怒斥，但心中暗喜。

詩集和花。他讀出清原話中的暗示。加上清原願意配合演出，使他更確定對方已了解情況，不會貿然把他拱出。

「為什麼同樣是階下囚，這傢伙不用上鎖？」清原看向瓦爾各，似乎非常不滿，「如果你看過他藏在櫃子裡的東西，就知道該讓他穿上束縛衣，關到禁閉室裡。」

「他有他的項圈。」瓦爾各回答，沒意識到自己已經被清原套了話。

清原微笑，「可能還需要個嘴套。」

項圈？所以，岳望舒身上的禁制咒，是下在頸子上……

岳望舒發出厭惡的哼聲，惱怒地瞪著眼前的兩人，不再開口。

清原哼聲，翻身坐起，「他在哪裡？」

瓦爾各知道清原所指何人，「東尉等一會兒就過來。」

「你們叫他東尉呀……」清原搖了搖頭，笑裡帶著苦澀。

他打量著這空間，感受到無形而嚴密的壓制結界在悄悄運作。光是待在這裡頭，便讓他感覺暈眩。身上的每一條肌肉都在發疼，彷彿被細小的針扎著。雙重的防制，讓他確定自己不可能逃離。

不愧是靖嵐，能力超群、作風嚴謹，具備所有一流滅魔師該擁有的特質。

不過……

他清原謙行，和封靖嵐一樣，是位於頂尖的人！

清原深吸一口氣，咳了幾聲。「我渴了……」

瓦爾各沒回應。東尉只命令他看著清原，他不會蠢到擅做多餘的事。

「你以為這裡是咖啡廳？」岳望舒嘲諷。

他仔細地聽著清原的話，等著對方傳遞暗語給他。

但，清原只是低著頭，自言自語地低喃，「比起咖啡，我更喜歡茶，天然的草本茶。特別是鼠尾草茶……」

他抬起頭看了岳望舒一眼。對方一臉茫然。

清原暗嘆了一聲。

太難了嗎？

「你們對滅魔師了解多少？」清原說道，同時銬在背後的雙手悄悄地移動，握住自己的髮尾，讓指尖纏上髮絲。

「多到足以逮住你。」

「那的確不少。」清原微笑，「我可以再告訴你們一個有關滅魔師的資訊。」

瓦爾各挑眉，岳望舒困惑。

「那就是——」清原的眼神一凜，「所有的滅魔師，都會為自己留一手退路！」

話語落下的同時，清原猛地躍起，旋身甩動長髮，藏在髮絲裡的一道咒鍊落地，爆出燦燄。

瓦爾各立刻反應過來，閃到一旁躲避攻擊。

清原旋身，一個箭步衝向離他最近的岳望舒，接著張口，朝岳望舒的頸子猛力咬下。

「啊！」岳望舒吃痛慘叫，將清原推開。

清原鬆開口時，岳望舒聽見了對方細小的耳語聲。

「把握所有機會……」

清原一腳掃向岳望舒的腿，將他撂倒在地。接著他再度拉扯馬尾中的其中一撮髮絲，綑束著頭髮的線鬆開，落在他的掌中。

清原握著細繩一下疾揮，包在軟繩外的布破裂，露出藏在底下的細長鎖鍊。

他輕易地切斷了手銬。

瓦爾各見情況不妙，連忙對清原發動攻擊。他知道妖力對滅魔師無效，便採取物理性的攻擊。

瓦爾各俐落地使出連踢連擊，拳與腳交錯連攻。

清原快速閃躲，但由於受了傷，加上禁制的咒語，使他動作遲鈍，仍中了一兩腳。

清原咬牙忍下，提起鎖鍊，猛力鞭向瓦爾各再度擊來的腳。細鍊有如刀刃一般銳利，狠狠地在瓦爾各的腳踝劃出一道傷口。

瓦爾各收回腳，但攻擊仍未停止，只是不再使出踢擊。

「靖嵐養了隻不錯的狗。」清原輕笑開口，「既然是狗，還是掛著項圈吧。」

鎖鍊在清原手中像是有生命一般，在空中盤繞飛舞，接著掃向了瓦爾各的頸子。

「唔！」瓦爾各連忙抓住細鍊，但急速收束的鍊子將他的手指和咽喉綑在一起，緊緊地收縮，使他無法呼吸，同時也無法抽手反擊。

清原走向瓦爾各，舉膝朝對方的腹部用力一擊。

瓦爾各跪倒在地，缺氧的窒息感讓他使不上力，只能勉力怒瞪清原。

清原看著倒在地上的兩人，微笑，「期待下次見面。到時候，在我的地盤，我作東，由我來招待你們。」他盯著岳望舒，「我會給你茶喝。」

清原走向門，正要將手伸向門把時，門扉自動開啟。

東尉出現在門後。

他的手中拿著一瓶酒和兩個酒杯，嘴角噙著笑意。

「看來你精神不錯。」

「託你的福。」清原回以淺笑。「你站在門後多久了？」

「幾分鐘而已。」

「為什麼不進屋？」

「我不想打斷你。」東尉瞥了倒在地上的瓦爾各一眼，「我的小波普還挺管用的，要是壞了我會很困擾。」

清原手一揮，緊纏在瓦爾各頸上的細鍊鬆開。

一得到解放，瓦爾各重重地喘氣，撫著脖子起身，以埋怨的眼神看著東尉與清原。

這兩人語氣輕鬆，看起來像是一般的老友在閒話對談。

他們是朋友嗎？既然這樣，為什麼東尉……？

「你們下樓吧。」東尉對著岳望舒和瓦爾各下令。

兩人帶著狐疑的眼光看向東尉，雖然滿腹困惑，但非常識相地閉嘴離開。

東尉關上房門，走進屋，直接席地而坐。他將酒杯放在地上，撬開酒瓶，各在杯中斟滿了酒。

清原見狀，走向東尉，在東尉面前的空位坐下，逕自拿起其中一個杯子，啜飲了起來。

「你不對我動手？」東尉笑問。

「明知反抗無效，何必浪費體力。」

東尉笑出聲。

他一直很欣賞清原的果斷和直接。不拖泥帶水，不彼此干涉，和清原相處非常自在。清原是他唯一一個稱得上是朋友的人。

可惜……

清原放下酒杯，看著眼前的人。

「好久不見了，靖嵐。」清原停頓了一下，「或者，我該稱你為東尉？」

「都可以。」

清原沉默了片刻，開口，「從第一次在闇行司的訓練中心見面到現在，我們已經認識十六年了。」他看著封靖嵐，「我似乎從未真正認識你。」

封靖嵐微笑。

「東尉這個職稱聽起來挺帥氣的，是綠獅子給你的封號？」

「是的。除了綠獅子，皇族那裡的人也這樣稱呼我。」

清原挑了挑眉，「你到底在做什麼大事業？」

「幫兩邊的人溝通牽線，讓他們合作，完成一些計畫。」

「聽起來像皮條客。」

「我比較喜歡仲介這個詞。」

兩人一起笑出聲。

片刻，清原收起笑容，「你從一開始就隸屬於綠獅子嗎？」

這問題，看似關心的是協會利益，但並不是他真正在意的重點。他更在意的是……他們的友情，是否一開始就建立在謊言之上？封靖嵐接近他，是否只是綠獅子指派的任務之一？

「當然不是，我可沒那麼墮落。」

「那為什麼……」

「發生了一些事。」封靖嵐雲淡風輕地說著。「我發現，重要的東西，只有自己能守護。我只是想要補救自己犯下的錯誤，讓一切回歸正常，回到我想要的狀態。」

清原在封靖嵐的眼中看見了懊悔和恨意。

「封平瀾……知道這些事嗎？」清原遲疑地問道，「他和那些契妖，也是為你做事？」

他不太相信那麼單純的少年也參與其中。這樣的話，對方的演技未免精湛到令人懾服。

封靖嵐的表情一凜，笑容瞬間消失，被暴躁的怒意取代，但一閃即逝。

「他們是一切錯誤的源頭……」封靖嵐幽幽低語，隨即微笑，「雖然出現了一些意料之外的發展，但不影響大局。」

清原沉吟片刻，「……封平瀾是個好孩子，他和他的契妖都相當傑出。但他是平凡人，對吧？」

封靖嵐沒有回應。

「身為平凡人卻能操控契妖，難道曦舫的理事長丹尼爾．梵納特，也參與在你的計畫裡？」清原猜測。

封靖嵐冷笑，「我不想談論這些人。」

清原聽出對方語氣中的厭惡。看來，他們不是一伙的。

清原為自己又斟了杯酒，「所以，你究竟想做什麼？」

「做我想做的事。」

見封靖嵐不願多說，清原輕嘆口氣，切入另一個與自身更相關的問題。

「……你留我活口，打算做什麼？」

「首先，我想謝謝你。」封靖嵐笑道，「多虧了你向闇行司通報，現在所有滅魔師都接到了通知，將曦舫列入偵查對象。」

清原臉色一沉。

他本以為丹尼爾和綠獅子勾結，所以向闇行司提出通報。但事實顯然相反，他的舉動反而幫了封靖嵐一把。

「另外，我還缺少一個人手幫我辦事。」封靖嵐將手伸到身後，抽出一根咒針，「我幫你安排了新的職位。清原家的少爺非常適合的職位。」

「你——」清原想起身，身體卻如石頭一般僵硬。

「酒沒事，我在你的杯子上加了點料。」

清原發出一聲無奈而苦澀的笑，「竟然用這種三流的手段，你什麼時候淪落到這種地步了？」

「我一直都是如此不擇手段。」封靖嵐笑答，拿起咒針，緩緩靠近，「放心，我不想弄痛你，也不想弄壞你。」

清原嘲諷，「還真是謝謝吶……」

「我們是朋友嘛。」封靖嵐理所當然地說著。

清原無法動彈，只能眼睜睜看著細針刺入自己的眉心。果真不痛，只有隱隱約約的壓迫感。

「我不會背叛協會的……」隨著細針一點一點地刺入，他覺得自己的思緒正一點一點地消失。

封靖嵐爽朗一笑，「噢，不會有背叛這個問題。因為當你清醒時，協會已經不存在了。既然原公司倒閉，職員另謀高就，也是非常合理的。」

當細針完全沒入前額的那一刻，清原的意識被關上，但他的雙眼仍是睜著的，像一具失神的人偶。

「抱歉……」

封靖嵐伸手，將清原輕柔而小心地抱起。

他的眼裡有著歉意，以及剛毅的堅決。

「但是，我從不後悔。」

瓦爾各和岳望舒離開頂樓，回到位於五樓的住屋。

岳望舒的衣服因打鬥而破損，身上也染著血跡，十分狼狽。經過瓦爾各同意後，他便前往浴室清洗。

清原最後說的話，究竟是什麼意思……

咖啡？茶？這有什麼暗示？咖啡喝多了會利尿，難道是要他尿遁？沒那麼蠢吧？對方還提到草本茶、鼠尾草茶。鼠尾草有藥性，能預防感冒、補充體力。難道是要他多喝茶恢復精力嗎？

他的腦中冒出了數個假設，但是每一個假設都荒謬不已又充滿漏洞。

水流自蓮蓬頭灑落，流經頸部時，岳望舒感覺到一陣刺痛。

「嘖！」

為什麼要咬他？難道只是為了做戲，演出他們兩人不合的樣子？但這也太多此一舉了吧！

他走向鏡子前，側頭觀察傷口。

被清原咬的傷口並不大，已經不再流血了，傷處有些發腫。

看著那一圈齒痕，岳望舒皺起眉。

竟然被男人在敏感帶種草莓……他還能再更悲哀嗎？

他伸手，小心翼翼地碰了碰傷口。

忽地，他的頸部浮現出一圈黑紋，那是東尉施在他身上的禁咒。

頸側的齒痕，將黑色的烙印，鑿出了兩道細小的白痕，看起來就像是被橡皮擦擦出了兩條線一般。

岳望舒愣愣。

束縛他的禁咒，有了缺口。

……特別是鼠尾草。

清原的話語浮現。岳望舒靈光一閃，恍然大悟。

鼠尾草，英文名Sage，學名Salvia officinalis。

「Salvare」，拉丁文意為治療與拯救。

我會給你茶喝。

——我會治療你，拯救你，給你自由……

此時，頸部的黑圈消失，隱退至肌膚之下。

岳望舒不敢妄動，他又碰了碰頸子，黑圈不再出現。

他快速地洗淨身體，換上衣服，若無其事地走出浴室，表現得像平常一樣。但內心的思緒正翻騰。

他不確定自己得到了哪些自由。他不確定。

他還能有什麼機會呢？機會出現時，他又該怎麼做呢？

把握所有機會。

岳望舒長嘆一口氣，感慨地抬頭，看了天花板一眼。

不曉得清原現在情況如何？

神應允了他的祈禱，紙花和信件確實有人撿到。但前來拯救他的人，卻落入了困境之中。

岳望舒撫住脖子。

清原雖陷入困境，卻為他帶來了新的契機。

只是，他不明白，這新的契機對未來會有什麼影響，能起什麼作用。

「接下來，到底會怎麼樣……」

神啊，再幫他一次吧。

過年期間，市中心的商店街客潮洶湧。連假的歡愉與痛快，催化了人們灑錢敗金的欲望，一心想榨光所有店家。

當粉紅肉球寵物店的招牌燈熄滅、鐵門拉上時，已經是深夜。不斷出現的客人，使得關店的時間被延長，硬是晚了一個小時才收工。

柳浥晨整個人虛脫地坐在地上，背靠著貓跳檯，將痠痛不已的雙腳擱在袋裝貓砂上。

「不成體統。」葉珥德經過，皺眉搖頭。

「你最好給我閉嘴，」柳浥晨狠聲警告，「要不是你這溝通障礙的傢伙在那裡大呼小叫、製造麻煩，我才不需要向那群歐巴桑鞠躬哈腰！」

葉珥德為自己叫屈，「那些不知羞的婦人竟趁我不備，擰我臀、掐我腰、襲我胸！我已再三隱忍，以老嫗能解之俚語俗言曉知以理。怎知那群蠻婦不可理喻，不斷進犯，欺人太甚！」

「你的長相剛好是她們的菜，好不容易有這優點就好好利用。明天上班前把犬用潔牙骨塞在褲襠裡，壯大聲勢，看那些太太會不會興奮到搶著把錢往你內褲裡塞。」

葉珥德瞪大眼，「這是逼良為娼——」

柳浥晨不耐煩地抓起一個滾球玩具朝葉珥德丟去。

葉珥德閃開，碎唸幾聲，回到倉庫收拾。

柳浥晨繼續癱在地上，放空了一陣，接著若有所思地從口袋中拿出手機。

她看了一下收件匣，有幾封新訊息。有來自學校的通知，也有來自同學的問候。

但，完全沒有封平瀾的消息。

年假前她曾詢問封平瀾是否願意來打工，封平瀾一口答應，還說整個長假都會待那座洋樓裡。誰知道一過年就人間蒸發，連蘇麗綰也不知道他的下落。

柳浥晨皺起眉。

到底是跑去哪裡了……

她原本並不在意封平瀾的行蹤，畢竟每個人都有自己的生活，她不會勉強對方配合自己。但是，數小時前接到清原的電話之後，讓她心裡一直有個芥蒂。

特別是清原還提到了理事長。

關於曦舫的理事長，也就是妳的舅舅，丹尼爾·梵納特，妳是否曾覺得他並不像表面上所表現的那樣無害？

那個問題，讓她覺得相當刺耳。

她怒滑幾下打開通話紀錄，看著最後一通來電，那是清原打來的電話。

「這王八蛋最好解釋清楚，那句話是什麼意思……」

她重重地按下通話鍵，打算直接質問。

然而，手機響了半天，無人接聽。

柳浥晨惱怒地掛上電話。

她遲疑了片刻，點開聯絡群組，找出那個她入學以後便不曾撥過的電話。

曦舫學園。聖堂，祈禱室。

丹尼爾敬虔地跪在聖壇前，低頭閉眼，專心地默禱，靜候自天而來的啟示，引領未來的神諭。

叩門聲響起，接著門扉開啟。

「電話響了。」管理員站在門邊開口，「是你的私人手機。」

丹尼爾睜開眼。知道他私人電話的人非常少，只有他所重視的人。

他起身接過手機，看見上頭的號碼，不由莞爾。

接通後，柳浥晨的聲音從話筒傳來。

「那個……是我。」語氣中，帶著明顯的彆扭。

「我知道。」他揚起溫柔的笑容，「很高興妳打來。」

這是柳浥晨入學四年來，第一次打電話給他。

柳浥晨在梵納特家長大。當她十三歲時，家族打算安排她進入專收名門子弟的貴族學校，但她的母親卻毅然否決，讓她進入了曦舫的初中部就讀。

當時，年幼的柳浥晨什麼話也沒說，只是順從地接受母親的安排，即便這項舉措使她們家被本家收回豐厚的財富。

她唯一的要求是，不要讓任何人知道她來自梵納特家族，不要給她任何特權。

母親希望我在這裡能學會獨立，所以在畢業之前，我不會以私人的名義來找你。

當時，小女孩以超齡的冷靜語調說著。她的態度恭順沉靜，眼裡卻有著不服輸的傲氣和倔強。

他答應了，並且徹底執行。

現下接到柳浥晨的來電，讓他欣喜不已，但也帶了些憂慮。

「……需要我幫妳什麼嗎？」他知道柳浥晨會主動打來，必定是出了什麼她無法自己解決的事。

「並沒有！」柳浥晨反駁，「你、你才是吧！」

「怎麼了？」

「你是不是又做了什麼奇怪的事？」

丹尼爾揚眉，毫無頭緒，「這看妳要怎麼定義『奇怪』。」

他的行為在世人眼中一直都很「奇怪」。辭去了協會的高位，成為祭司，接下了小小的影校理事長一職，還在校內做出了許多離經叛道的改革，他應該早已與世間所謂的「正常」絕緣。

「清原謙行……就是之前相親的那個傢伙，他剛剛打電話給我。」

聽到清原的名字，丹尼爾臉色一沉。

「他說了些什麼？」

「他問了我一些奇怪的問題。」柳浥晨遲疑了一秒，開口，「他問我，你是否像表面一樣無害……」

這席話讓丹尼爾皺起眉。

無害？

清原的用詞很微妙。因為根據他的推理，清原才是危害秩序的嫌疑犯。

「還有呢？」他詢問柳浥晨。

「他問了我封平瀾的住址。」

丹尼爾臉色一沉。

看來，清原比他設想得更加精明。

清原究竟發現了多少祕密？與十二年前的事有無關聯？

發現的越多，他反而越看不清真相。

柳浥晨的聲音繼續傳來，「……你是不是又偷偷做了什麼違反協會規定的事？」

丹尼爾回神，微笑，「妳要阻止我嗎？」

「……我相信你的為人。」柳浥晨的聲音因靦腆而降低，「不管你要做什麼，不要一個人蠻幹。我們都會站在你這邊。」

丹尼爾沉默了許久，深吸一口氣，「……放心，沒事的。謝謝妳。」

掛斷電話後，他仰首，眼光透過聖壇上的玻璃窗，望向窗後的夜空。

「我也相信祢。」

拜託，無論如何，請讓那些孩子平安……

他走出祈禱室，召來管理員和瑟諾。

「立即前往洋樓。」

「我和他一起去？」管理員嫌棄地看向穿著發皺運動服和拖鞋的瑟諾。他非常確定，昨天和前天，這傢伙穿的是同一套。「不找殷肅霜嗎？」

「必須是你一起去。」丹尼爾看著管理員，「因為那裡可能有滅魔師。」

雪白的洋樓，矗立於暗夜的山坡。

整棟建築的燈光暗滅。窗戶像是空洞的眼眸，無神地瞪著黑夜。

瑟諾站在洋樓前的街道上，一邊抽著菸，一邊盯著樓房。

片刻，一隻烏鴉自洋樓後方飛來，在空中盤旋一陣，降落於瑟諾腳邊，瞬間化為人形。

「看起來沒人。」管理員回報勘查後的結果。他瞥了瑟諾的腳邊一眼，只見菸屁股堆得像座小山。「抽太快了吧，你是把菸當脆笛酥吃嗎？」

「噢，這沒什麼。」瑟諾謙虛地回應，穿著夾腳拖的腳，往那堆菸蒂山一掃，將之全數推入水溝縫裡。

「這不是讚美。」管理員皺眉，「你的薪水該不會全拿去買煙了吧？」

「當然不是，上學期末的宿舍安檢大豐收，夠我抽好一陣子。」瑟諾深吸一口菸，將口中的菸丟入水溝中。「走吧。」

兩人謹慎地走向洋樓前門。

瑟諾吟誦防護的咒語，接著小心地將手貼上門板。片刻，他挑了挑眉。「上面沒有任何偵查和防禦的咒語。」

管理員不以為然地哼了聲，接著拿出開鎖工具，往鎖孔裡撥弄。

瑟諾微愣，「從前門進去？」

「都是非法入侵，從哪裡進去都一樣。」

「你怎麼會這招？」

「宿舍管理員當久了，自然會習得各種技能。」管理員冷哼，「不然你以為那些菸是怎麼搜出來的。」

不到半分鐘，門鎖便傳來清脆的聲響。

旋開門，兩人悄悄地步入黑暗的屋中，眼觀四面，耳聽八方。他們兵分兩路，前往各個樓層房間搜索。數分鐘後，回到主廳會合。

「沒人在屋裡。」管理員開口。

看來封平瀾他們的旅程還沒結束……

「不過，在我們來之前，應該有人來過。」瑟諾說道。

「你怎麼知道？」

瑟諾打開燈，指了指地面上些微的汙痕，看起來像是沒擦乾淨的鞋印。

「相信我，那個白毛小子不會讓屋子裡有這種髒汙存在。」

「沒想到你觀察得挺細膩的。」

「我之前請他幫我整理辦公室，他差點把清潔用鹽酸往我身上倒……」

管理員沒好氣地哼了聲，「既然這樣，就全面搜查一下吧。」

他彈指，背後猝然張起兩道烏黑的羽翼。他振翅，墨色的細羽飛散空中，隨著氣流飄揚到屋裡的每一個角落。

黑羽掉落在客廳的地面時，轉為點點鮮紅，並發出了細小的鳴響。

「看來，只有這裡在六小時內有人施展咒語。」管理員看了瑟諾一眼，「換你了。」

瑟諾從衣前的口袋裡抽出一根菸，菸紙上印著一圈淺藍色的紋路。他拿出火柴，擦劃，燃起了紫色的火燄。

瑟諾老練地叼著菸點燃，習慣性地把熄滅的火柴棒扔到地面。他抽著菸，許久，徐徐吐出一團淡到幾乎看不見的煙霧。

煙霧在空中瀰漫，觸碰到咒語殘留之處時，開始凝聚、構築成形。

白煙凝化成實體的圓陣，揭示了施咒的位置，不同的色澤代表不同的咒語屬性，不同的大小則透露出咒語的力度。

瑟諾和管理員觀看著咒語的痕跡，嘖嘖稱奇。

數個巨大的圓陣在空中不斷扭曲、變形，色澤渾濁，且不斷地變化色調。

瑟諾看著圓陣，皺眉沉吟，「幸好我們晚到……」

「什麼意思？」

「這不是召喚師的咒語。」瑟諾夾著菸，指了指其中一個圓陣，「這個是出於滅魔師之手。」

他指向另一團更大、扭曲得更劇烈的圓陣。「這個，我沒看過這種東西，同時具有妖魔、滅魔師還有我沒看過的能量。」

「所以，至少有兩名滅魔師在這裡對戰？」

瑟諾點頭。

管理員眉頭深鎖。

「走吧，回去向理事長報告。」

除了清原，還有誰來過這裡？還有誰會與清原大打出手？哪一方是敵，哪一方是友？

瑟諾走向圓陣，拿下嘴上的菸，點了下圓陣，白霧構成的圓陣瞬間消失。

他繞著屋內一圈，將所見的圓陣一一點滅，接著關上燈。

當兩人正要離去時，管理員的眼角餘光捕捉到了地面的某處，透著微弱的光線。

「等等。」他停下腳步，朝著微弱的光源走去。

微光從沙發底下發出，光線的色澤看起來與方才的扭曲巨陣相似。

管理員推開沙發。

「這是什麼？」瑟諾靠近。

少了遮蔽物，光線變得清晰。光源，來自一團皺爛的紙球，還有一封一樣被捏皺的信。

管理員拿起那浮著圓陣的紙團和信，仔細觀察。

「這是花，紙做的蓮花。」

他隨即將信封打開，裡頭是一隻蝴蝶。

瑟諾看著管理員手中的花，蹙眉，「我知道一個會做這種紙花的傢伙……」

「誰？」

「紳士怪盜。」

兩人面面相覷。

所有的真相，在他們面前變得更加撲朔迷離。

Chapter5

在研發手機時，似乎從未有哪間公司針對震動方面的效能做加強與升級

幽界。

中央皇城，禁限監獄。

刺耳的鳴笛聲，響徹都城。這是來自禁限監獄的最高警報，宣告著禁錮在牢獄中的囚犯已然不存在。

不存在的原因有兩種，一種是越獄，另一種是……

禁衛兵在鳴聲響起的第一時間現身，他們身披足以抵擋獄中結界的鎧甲，火速抵達鳴笛聲的源頭。

刻滿符文的鐵牢後方，一個人影癱坐在地，枷鎖和咒具完好地鉗錮在他身上。

然而，他的胸前有個巨大的血窟窿，濃稠的血液緩緩地自洞中流出。

囚犯死了。牢籠的結界偵測不到他的存在，因此發出了警報。

典獄長拿出一串鎖匙，將其中之一穿入門板上的鎖孔，轉動。接著，警報聲停止。

他陸續拿起其他鑰匙，謹慎地將鑰匙輪流插入同一個鎖孔。每轉動一次，便卸下一道結界。

當所有結界撤下時，衛兵才小心翼翼地推開牢門，踏入牢中。

這間牢房，囚禁的是惡名昭彰的巫妖忒爾涅斯，結界的殺傷力比其他處更加強大。一般妖魔要是在結界沒全數解開的情況下踏入，便會致命。

典獄長領著衛兵們進入牢中，走向忒爾涅斯，觀察著屍體。

「……是自殺嗎？」一名較為資淺的衛兵詢問。

「不可能，牢獄的禁咒讓他連殺死自己的能力也沒有。」典獄長看著忒爾涅斯的傷口，接著抽出短刀，往胸前的血窟窿挑了挑，「他的心臟不見了。」

眾人驚愕。

穿過風絨族的結界刺殺巫妖?!什麼樣的人有這樣的能耐?!

典獄長苦惱地皺起眉。

死了個被判處永世之刑的巫妖不算什麼，但他要怎麼向元老院解釋，凶手是如何穿過重重結界？

他長嘆，讓負責偵查的侍衛進入。轉身時，帶起了一陣細小的旋風。一根落在地面上的白色髮絲，隨風飛起。

染著血紅的雪白人影，在天上飛行。

冬犽渾身血汙，咬牙忍著疼痛，胸口熾熱得像是要燒起來。

忒爾涅斯的心臟在他體內。

巫妖的妖力和他原本的妖力互相抗斥，讓他覺得自己像是個快要炸開的鍋爐。

冬犽伸手摀著前胸。心口上的傷正以極快的速度癒合，但因為傷口太大，耗費了大量的體力，影響了飛行的速度。

冬犽拿出追蹤球。球面上，六個光點聚集在一起。另一個光點在不遠處，緩緩地朝六個光點移動。

冬犽重咳著將球收起。

千萬別做傻事，奎薩爾……

千萬別做傻事，平瀾……

再等一會兒，他馬上就到了。

冬犽深吸一口氣，解放更多妖力。他的全身冒出細毛，手腳變形，長出獸爪。接著溫柔俊逸的容顏開始扭曲，變成人與獸的混合體。

飛行的速度瞬間加快。

白色的身影劃過天際，在行經的荒地上，滴落點點猩紅。

霧原，讖殿。

絲帕蔻娜端坐在席榻中央。下方，封平瀾蹲踞在巨大的背包後，埋頭翻找。

希茉、璁瓏和墨里斯本來站在封平瀾身後，見絲帕蔻娜沒有任何動作，便一點一點地靠向封平瀾的身邊，圍在他身側。

奎薩爾和百嘹始終站在原地。

百嘹雙手環胸，好整以暇，一臉看好戲的表情。

奎薩爾和以往一樣，神色淡漠冷峻。然而，紫色的眼眸中卻燃著深沉而堅定的火燄。他的手，則一直擱在腰間的劍柄上。

封平瀾翻找著背包，裡頭雜物太多，加上旅程倉促，讓他一直沒時間好好整理。他的手伸入袋中挖掏了一陣，接著眼睛一亮。

「啊，有了。」他用力把手拔出，掌中握著一包夾鍊袋，袋子裡裝著從速食店、披薩店搜集來的醬包和香料包。

「妳吃過人界的食物嗎？」封平瀾看了夾鍊袋一眼，「嗯，這個雖然不算主食，但是味道不錯，加在各種食物上都能讓它們變得更美味。」

站在封平瀾身後的墨里斯等人，臉色略僵。

絲帕蔻娜語調平靜地回答，「我無法吃一般食物，無論是來自幽界或人界。」

「那妳都吃什麼啊？」

站在封平瀾身後的璁瓏連忙踩了封平瀾的腳一記，假裝咳嗽，同時低聲提醒，「不要幫自己立死旗……」

絲帕蔻娜輕笑了聲，沒有回答封平瀾的問題。「這就是你的禮物？」

「不，還有。」封平瀾伸手繼續挖掏，拿出一包口香糖，「妳吃過口香糖嗎？這個不是食物，但是可以放在嘴裡嚼，還可以吹出很大的泡泡喔！」

為了證明自己所言不假，他立即放了一塊到嘴裡，開始用力嚼。

一時間，讖殿裡相當安靜，只有濕潤的咀嚼聲。

片刻，咀嚼聲停止，變成吐氣的嘶嘶聲，只見封平瀾的嘴前，出現了一個粉紅色的泡泡。

「啪！」

泡泡破裂，黏了封平瀾一整臉。

墨里斯等人的表情更僵硬了幾分。

「看！很神奇吧！幽界應該沒有這樣的東西吧？」封平瀾興奮地說著。

他打的算盤是，絲帕蔻娜雖然收過各種禮物，但都是由妖魔獻上的幽界之物，要不然就是從人界弄來的名貴寶物。像這些來自現代人界的新奇玩意兒，對方一定從未見過。

「或許吧。」絲帕蔻娜幽幽開口，「但我看不見。」

「喔，抱歉。」封平瀾尷尬地抓了抓頭，繼續往袋子裡翻找。接著，如獲至寶般地將手高高舉起。「這個！這個妳一定會喜歡！這是人界現在最流行的東西——智慧型手機！」

「喔？」

「就算妳看不見，也可以切換成語音操控模式。」他拿著手機按了按。雖然幽界沒有訊號，但除了通訊以外，其他功能都正常運作。「我存了不少音樂和影片，妳想聽聽看嗎？」

封平瀾按下了播放鍵，悠揚的樂聲流洩而出。

站在大殿後方的奎薩爾微微一怔。

那是他常聽的曲子……

播放了一陣之後，封平瀾切斷音樂，甚為得意地詢問，「怎樣，很棒吧！」

絲帕蔻娜輕笑了聲，接著舉起掛著珍貴寶石腕鍊的手，朝空中優雅地招了一下。

瞬間，一個金字塔狀的結晶出現。它浮在空中，緩緩轉動，結晶中央出現一團珍珠色的霧，動人的歌聲頓時在殿中迴響。

妖魔的樂聲有如浪潮，輕柔地淹沒整座大殿。過於動人的歌聲，攫擄了所有人的思緒，勾魂攝魄，醉人心魂。

「這裡頭封著極地海妖的靈魂，千年不變……」

眾人覺得彷彿身處在深海中。絲帕蔻娜的話語聲，聽起來相當遙遠。

殿內的所有人被歌聲吸引，沉迷。

唯獨希茉，一臉不爽。

她輕咳了聲，開口發出一道長而響的聲波，將所有人的意識拉回現實。

眾人望向希茉。只見她低著頭，以不服輸的語氣說道，「死了的靈魂，比不上活著的人……」

「我對你的手機沒興趣。還是說……你打算把這隻小鳥兒獻給我？」絲帕蔻娜笑問。

「當然沒有！」封平瀾連忙開口拒絕。他低下頭看著手機，用力地絞著腦汁思考，「這支手機，除了能放音樂和影片以外，還有其他功能。」

「喔？」

「它……會震動。」

「所以？」

「所以……可以拿來按摩之類的。」

「平瀾，太下流了！」希茉驚叫，紅著臉用力地拍了封平瀾的後腦勺一記。

其他人一臉茫然，只有站在大殿角落的百嘹噴笑出聲。

封平瀾趕緊解釋，「我沒有別的意思！」

他只是想說，如果無法觀看的話，手機除了聽覺上的功能，就只剩觸覺上的功能了。幸好絲帕蔻娜沒什麼反應。

封平瀾放下手機。他最為得意的壓箱寶，絲帕蔻娜都不放在眼裡。

還有什麼呢？

他努力地翻著包包，再度拿出物品。

「這是瑞士刀。」介紹的語氣，不再那麼充滿自信，「它有八種功能，而且造型很可愛。」

絲帕蔻娜再度悠閒地招了招手。

掛著一整排刀劍兵器的武器架出現在殿堂中央。各式各樣珍貴罕見且強大的武器展現在眾人面前，連奎薩爾都為之動容。

封平瀾低頭看了看自己手中的瑞士刀，弱弱地想幫自己扳回一城，「我這個有附開瓶器——呃！」絲帕蔻娜若是不吃不喝，給她開瓶器也毫無用處。

封平瀾抓頭，實在是黔驢技窮了。

「你還有什麼要說的？」絲帕蔻娜輕聲問。

「這個嘛……目前還沒想到。」

「如果沒有其他把戲，就請離開吧。」

封平瀾愣了一下，回首看向契妖，看向奎薩爾。

沒有人露出失望的表情，所有人都露出鬆了口氣的安心感。

「走吧。」墨里斯拍了拍封平瀾，「你已經盡力了。」

封平瀾皺眉，心裡有著強烈的不甘。

只要盡力就好了嗎？

不行，他覺得不對。他的心裡有個直覺，告訴他這事還沒完，他還不想放棄。

他側頭，看了奎薩爾一眼。

對方也正看著他。那雙紫眸裡有著名為關切的情緒。

封平瀾心一橫。

衝著這份關切，讓他不想就此放棄。

就算死纏爛打也無所謂，他一定要找出解決的方法。

「等一下。」封平瀾開口，引來眾妖們詫異又略帶責難的目光。

「已經夠了……」奎薩爾沉聲勸阻，「該走了。」

「事情還沒解決，就永遠不夠。」

封平瀾轉頭，望著絲帕蔻娜。

對方是亙古之時即存在的巫妖。她擁有世界上任何稀有罕見的寶物，物質上已經沒有什麼東西能引起她的興趣並能讓她滿意的了。

對她而言，有什麼是無法擁有的？

封平瀾看著那張布滿血斑的臉。那醜惡的容顏，與她身上的華服美飾完全不配。

「那個，我想問個問題。」封平瀾戰戰兢兢地開口，「妳這裡沒有鏡子嗎？」

「為何有此一問？」

「呃，很明顯，妳的臉……嗯，看起來有某種獨特的街頭風格……」封平瀾停頓了一下，猶豫地問，「妳都不洗澡的嗎？」

「平瀾！」

契妖們再度驚呼。墨里斯連忙伸手摀住封平瀾的嘴。

他們膽顫心驚地看著座席上的絲帕蔻娜，但依然看不出任何情緒起伏。

「我沒辦法。」

封平瀾撥開堵在嘴上的手掌，「是因為行動不便，又不好意思請日燒肌先生幫妳洗嗎？還是……妳喜歡維持這樣？」

絲帕蔻娜伸手，撫上了臉上凹凸乾涸的血塊。

「這些血汙，是罪孽的記號。獻上活人以換取預言的求問者，以及取人血肉以觀占的我，世代累積下的罪孽。」她放下手，「這是創生時便附加在我身上的法則，我無法清洗這些罪孽的痕跡，樊亦無法為我清洗。」

「這樣的話……」封平瀾深吸了一口氣，大膽開口，「我幫妳洗。」

「封平瀾！」墨里斯認真地考慮要不要直接把封平瀾敲暈帶走。

「至少讓我幫她擦個臉嘛。」封平瀾連忙解釋，「她什麼都有了，我們獻上任何東西都只是丟人現眼。但這是目前唯一一件她所無法擁有的，對吧？」

絲帕蔻娜勾起嘴角，露出玩味的笑容。

「從來沒有人敢對我說這些話，問我這些事。」

「妳生氣了嗎？」

「沒有。附加在我身上的法則，讓我對於任何有關於自身的問題，都必須照實回答。但有人提問我才能回應，不能主動開口。」

然而，從來沒有人詢問過她的事。

所有人抱著自己的問題前來，得到想要的答案之後便離去。

從未有人查證求問關於血祭的事，更沒有人想要了解她。即便是服侍她上千年的樊，也幾乎從未與她談過話。

她只能任憑所有的來者繼續犯錯，繼續累積罪孽，繼續讓無辜的生命犧牲。

「是喔？所以就算問妳三圍也——好啦，我開玩笑的。」封平瀾見墨里斯拳頭已經掄起，趕緊收斂，「所以，我有這榮幸清洗妳冰清玉潔的肌膚嗎？放心，我不會吃妳豆腐，只會幫妳擦臉而已。」

「……可以的。」

封平瀾仰首看了仍揪著他的肩的墨里斯一眼。墨里斯皺眉，很不情願地將手鬆開。

抓起背袋，封平瀾走到座席前。

近距離觀看下，絲帕蔻娜的臉孔更顯猙獰。厚重的血塊讓她看起來像是整張臉皮被剝下一般，給人血肉模糊的錯覺。

封平瀾嚥了口口水，從背袋中拿出溼紙巾，緩慢地移到絲帕蔻娜面前，停留在對方的臉上。他不敢太過用力，輕輕地擦拭著。

「妳的手很漂亮。」封平瀾一邊擦，一邊開口，「我想，血汙底下的臉一定也很美。」

絲帕蔻娜笑出聲，聽起來非常愉快。

封平瀾抹了片刻，血汙像是乾掉的油漆一樣，毫無動靜。他稍稍加重了力道，甚至用指尖輕摳，但是費了一番工夫，卻只讓紙巾微微染上一些淺褐色痕跡。

封平瀾皺起眉，直接伸手摸了摸絲帕蔻娜的臉。血塊雖然厚重，但摸起來的觸感就和一般的血痂一樣，並沒有特別堅硬或緊密。

他看著絲帕蔻娜的臉，思考。

紙巾不夠溼，或許可以加點水，軟化那些血塊——

多帶點水。

管理員說過的話，冷不防地出現在腦中。

來自至上神的看顧和祝福會一直與你同往。

封平瀾呆愣了一秒。

遲疑一下，他伸手從背包中撈出一個寶特瓶，裡頭仍裝著滿滿的水。

他帶了很多的水，一直謹記著管理員的交代節省用水。所以現在，他還有充足的兩瓶水在袋中。

多帶點水，是為了要用在這裡？管理員……不，是理事長，早就預料到這個情況了嗎？心裡湧現一股莫名的敬畏感。

封平瀾隨即撈出一條毛巾，把毛巾夾在腋下，接著握住瓶口，準備將未開封的瓶蓋扭開。

瓶蓋出乎意料地緊，他施力了一陣，仍無法轉鬆。

封平瀾憋氣，將所有的力道集中在手中，然後，使勁一旋——

「啵！」

瓶蓋扭旋開啟的聲音猛地響起，握著瓶身的手來不及收力，在瓶口開啟的那一刻，將瓶中的水噴擠而出。

水柱橫飛過空中，大量的水灑落絲帕蔻娜的臉！

當水接觸到絲帕蔻娜臉部的那一刻，她宛如被滾燙的水潑中，渾身重重一震，發出了野獸般的尖吼。

「呃、對不——」

封平瀾道歉的話語來不及說出，巫妖纖細的小手便如鞭子般甩向封平瀾，緊抓住他握著水瓶的手。

契妖們倒抽了一口氣。

奎薩爾的雙刀在絲帕蔻娜伸出手的瞬間出鞘，黑色的身影彷若閃電，在那隻手還沒揪住封平瀾之前便衝到了他的身邊。

奎薩爾舉劍揮斬，打算除去封平瀾的危機。

但是雙手在空中便僵化，像是被無形的手拉住一般，動彈不得。

「安分點。」侍立在殿旁的棼，掌心對著奎薩爾的方向，笑著警告，「這裡可是緯世女巫的殿堂吶，客人怎能對主人兵戎相向？」

奎薩爾咬牙，試著揮動握刀的手，但徒勞無功。

絲帕蔻娜緊揪著封平瀾，低垂著頭，長髮遮住了面容，痛苦的喘息聲從長髮後方傳來。片刻，低著的頭緩緩轉動，像是生鏽的齒輪一般，緩慢而乾澀地朝著封平瀾轉來。

「封平瀾！」奎薩爾叫喚出聲。

他倏地鬆開手中的劍，使盡全力，抗斥諸加在他身上的束縛咒語，將雙臂揮向前方——

封平瀾看見，兩條手臂慢慢地從他的身後穿到前方。一隻手橫擋在他的胸前，另一隻，則是抓向絲帕蔻娜扣著他的細白小手。

封平瀾低頭看著那兩隻手，手背青筋凸起，因抵抗咒語而發顫。

他想回頭，但又不敢妄動。回頭的話，就看不見絲帕蔻娜的動作和反應。

即便面對恐懼，即便面對致命的危險，他也不會別開臉，讓奎薩爾自己面對！

封平瀾忍著手腕的疼痛，壓下懼怕，動也不動地留在原地。

絲帕蔻娜的頭已經轉向封平瀾，但長髮披覆在臉上，讓人看不出她的表情。

「妳、妳還好嗎？」封平瀾努力地擠出正常的語調，關切地道，「對不起，這應該只是普通的水，我不知道它──」

「這不是普通的水。」絲帕蔻娜顫抖的聲音，低沉地傳來，「這是人界的水……至上神在創世第二日的創造之物。」

她舉起另一隻手，顫抖著撫向自己的臉。一大片血痂掉落，沾髒了那華美的袍子。

絲帕蔻娜撥開頭髮，只見她臉上的血塊已少了大半。雖然仍被紅褐的汙斑覆蓋，但血斑比原先淺了許多，隱約透出底下的雪白膚色。

眾人屏息，包括樊，全都不可置信地看著眼前的發展。

絲帕蔻娜將手移到眼上，再次發出呻吟。片刻，她顫抖著將手移開。

長年被乾涸血液沾黏而緊閉的眼眸，緩緩開啟，帶著血垢的汙濁淚水，自眼眶中不斷湧流而出。

雖然睜開了眼，但淚水盈滿了她的視線，讓她一時之間仍看不清楚。

混沌矇矓間，她看見眼前的人，身後有著複雜的光暈。

那是封平瀾命道的顏色。

過往的、現在的、未來的、已成形與未成形的命道。

複雜而不斷變動的色澤，透露出對方的命運。

然而，在有如水波般晃動不安的光彩最外圍，有一層淺淺的金色光芒，將之籠罩。

她在亙古以前、被造之初見過這光。同時，她已數千年沒見過。

「你是……帶著至上神的祝福而來……」

人界。

曦舫學園，理事長辦公室。

丹尼爾獨自默坐在桌前，額頭靠著立在桌面上的手，視線盯著桌面。他已經維持這樣的姿勢數個小時了。

身旁的窗景從濃濁的黑轉為深藍，已是清晨。

桌面上放著三樣東西。一團紙花，一封裝著紙蝶的信，以及一封剛從中央文教部發來的最速件公文。

他將紙花拆開過，看見了藏在裡頭的文字。

——他們大肆宣揚，他們搖頭，表示悲傷，他們稱我為壞人。而你，全然地信以為真。

看見紙中詩句的那一刻，丹尼爾的心彷彿被針扎了一下，有非常不好的預感。

這是紳士怪盜的東西。但是文字裡影射的處境，卻也適用在清原身上。

他本以為清原是勾結綠獅子的叛徒，是所有事件、所有隱喻的關鍵。然而此刻，他有強烈的直覺，告訴他，他錯了。

紙蝶沒有任何文字，他偵測到上頭附加了誘發式的咒語，但如果沒有來到合於指令的環境，他們無從得知紙蝶帶著什麼訊息。

裝著紙蝶的信封，收件與寄件人的資料都已經模糊不清。

但是，在信上的郵戳，透露出信件寄出的地點。

信件是來自紐約曼哈頓中心的某間郵務局。郵務局的位置，距離協會中央文教部不到幾公里遠。

丹尼爾的視線移到公文上。公文是在深夜時分，以中央文教部與各影校的專用通連結界發送過來的。

公文內容告知影校負責人，文教部長道格拉斯慷慨解囊，提供資金和人力，協助各校更新設備和建築。

公文，和裝著紙蝶的信，來自同一個地區。

這不是個好現象。

「現在，到底是什麼情況……」丹尼爾低喃，「請告訴我吧。」

他等待了一整夜，卻未聽見任何啟示與神諭。

這樣的靜默，讓他感到些許感慨。

他支著額，繼續等待。

在破曉的明亮晨光灑入屋中的那一刻，擱在壇上的古老書頁在無風的房間裡，倏地快速翻動。

丹尼爾仰首，迫切地看著那泛著神聖光芒的書頁。

不久，書頁停止翻動。

淡金色的字體如繚繞的煙，自頁面上盤旋而起，在空中彰顯浮現。

這次，顯現的只有一句話。

是黑暗掌權的時候了。

——路加福音 22:53

金色的字停留了幾秒便消失。

丹尼爾愣愣，嘆息。

「那麼，我會怎麼樣呢？」

另一串金色的字句浮起。

他們終日顛倒我的話；他們一切的心思都是要害我。他們聚集，埋伏窺探我的腳蹤，等候要害我的命。

——詩篇 56:5

金色的字句這次停留稍久，才緩緩地暗滅。

丹尼爾看著字體消失之處，沉默不語。接著他將臉埋入掌中。

為什麼？

他在心裡不斷低喃。

然而，書頁靜止，不再翻動，他的問題沒有得到回應。

許久，丹尼爾深吸一口氣，吐出，接著抬起頭，眼中有著異常的冷靜。

他打開電腦，發送了幾封公務信，接著，拿出理事長專用的公文紙，振筆疾書。最後簽字，拿出印鑑蓋下。

他將紙放入公文夾，擱到門口的收發櫃裡。

就這樣吧。

即便不安，即便沮喪，但他相信他領受了使命，不是為了走向毀滅。

近午時分，丹尼爾將殷肅霜等人召來。

丹尼爾看著眼前的人，他的得力助手，他寶貴的契妖。

「有什麼吩咐？」殷肅霜開口。

理事長一口氣將他們全部召來，想必是要交代重大任務。

「沒有。」丹尼爾微笑開口，「歌蜜、殷肅霜、瑟諾，以及葉珥德，你們過去為曦舫化育英才，奉獻己身，不遺餘力。我代表學校以及中央文教部，感謝你們過去的辛勞。」

殷肅霜、瑟諾、歌蜜和葉珥德面面相覷，不明白理事長為何要說出這樣一席官腔說詞。

「說這什麼話呢？」歌蜜媚笑著開口，「我一直很樂意為你服務。」

「得天下英才而教育之，為人生三樂之一，即使混了不少蠢材，吾亦樂在其中。」葉珥德也緊張地跟著開口。

「謝謝，我只希望吸菸區的範圍能擴展到整個校園。」瑟諾以散漫的語調說著。殷肅霜不發一語，察覺到情況不對勁。

他打量辦公室，發現理事長身後象徵協會的深紅色方形圖騰，隱約有咒力在運行。為什麼連結著協會的咒陣，此刻會運轉……

丹尼爾笑了笑，接著話鋒一轉，以嚴肅的語調宣告。

「然而，葉珥德與世脫離，語無倫次，有礙教學品質。其餘三位教師則行為不檢，屢被投訴，早已超過解聘標準。今早與家長會代表和教評會代表溝通之後，正式決議——撤除三位的曦舫教職，並將葉珥德列入考評觀察。」

四人愣愣在地。

「公文已發出，命令即刻生效。」

「理事長，為什麼突然如此？難道您——」歌蜜大步走向理事長的辦公桌前，但甫靠近便被一股力道震開。

歌蜜看著受傷的手，錯愕不解。

丹尼爾幽幽開口，「督教員大人，如您所見，這幾人不適任。」

督教員？眾妖愣愣。

理事長身後的方形圖騰閃動，接著，一名穿著西裝、一臉官僚氣質的中年男子，現身於室中。但這並非實體，而是類似替身式神，讓召喚師能在極短的時間內抵達遠處出席會議。

「這位是來自文教部遠東分部的督教員，柯立耶大人。」丹尼爾對著眾人說道，然後恭敬地轉向督教員，「希望您能批准這次的人事異動。」

影校教師的人事異動，依照程序，必須向所屬的管轄單位提出申請，由督教員批核結果。

柯立耶看著面前的四名妖魔，冷哼了聲，「核准。」接著用不以為然的口氣，對著丹尼爾開口，「其實你可以省去這道程序。他們是你的契妖，你要如何處置都行。」

言下之意，是在不滿丹尼爾讓他多跑這一趟。

「我向來非常尊重協會意見。」丹尼爾恭謙地說著，「請問，需要向中央文教部呈報嗎？」

「不必！曦舫算得了什麼？你當自己是皇家公學嗎？這點事，遠東分部會全權處理。」

柯立耶不屑地瞥了丹尼爾一眼，「我很清楚你在打什麼主意。」

丹尼爾露出無辜的表情。

「先是調查紳士怪盜的情報，接著整飭問題教師。你是想透過這些作為，搏回名聲，重回協會中央對吧！」

面對柯立耶咄咄逼人的質問，丹尼爾的臉上閃過一絲驚訝，彷彿祕密被人發現似的。

柯立耶見狀，勾起了自負的笑容。

「勸你不要抱著無謂的妄想，乖乖留在這間破學校裡安分度日等退休吧，省得再次讓世人看笑話。」語畢，他昂首轉身，身影化作細霧，消失在辦公室裡。

柯立耶離開後，丹尼爾揚起笑容。

他成功地讓柯立耶以為他的作為是為了復出，重回權力中心。柯立耶絕對不會把這次的人事調動向中央透露半分，不會讓中央有任何機會再次對他產生好感。

這結果，正是他想要的。

看來，他的壞名聲幫了他不少忙。

契妖們看見丹尼爾臉上的笑容，鬆了口氣。

「你嚇到我了。」歌蜜拍了拍飽滿的胸口，「既然別有計畫，為什麼不先講一聲呢？」

「先講就不逼真了。」

「所以，現在是什麼情況？」殷肅霜開口詢問，「發生了什麼事，嚴重到必須開除我們？」

「我不知道。我只確定，中央文教部已經被敵人滲透。道格拉斯被收買，也有可能被操控……」丹尼爾輕嘆，「我已被仇敵盯上，落入了他們的陷阱。繼續跟在我身邊，對你們不利。只有開除你們，才能讓你們離開自由行動。」

「為何留下我？」葉珥德不解。

「你必須照顧小柳和其他孩子。」想到那倔強的女孩，丹尼爾揚起溫柔的笑容。「你已被列入考評觀察對象，之後柯立耶便會從分部派人來盯住你。中央的人不會知道這件事，就算事後被敵人發現，他們也很難插手。這樣的安排，是最保險的。況且，我們也需要有人監看學校內的動靜。」

丹尼爾說完，望向窗外湛藍而明朗的天空。

「趁著還沒變天，先去避風頭吧。我無法給你們更多的指引，你們只能靠自己，見機行事。」丹尼爾轉過頭，輕聲下令，「保護好自己，守護那些孩子。」

殷肅霜等人恭敬地行了個禮，接下這道可能是最後的命令。

四人不再多言，非常有效率地轉身離開，去做他們所能做的事。

窗外飛入了一隻烏鴉，隨即降落化為人形。

「你是被虐狂嗎？」管理員以無法苟同的語氣開口，「有必要讓自己孤立無援嗎？」

「這叫斷尾求生。」對於他的使命而言，此刻，他便是那條該被捨棄的尾巴。「況且，我不是孤身一人。」

「是是是，我知道，你的至上神與你同在。」

「是的。」丹尼爾微笑，「除此之外，我還有你。」

「少肉麻了！」管理員嫌惡地吐槽。「那，現在你打算怎麼辦？」

「像柯立耶說的，安分地當我的理事長。」

丹尼爾靠向柔軟的椅背，悠哉而閒散地將腳蹺起，擱在桌面，揚起罕見的冰冷笑容。

「然後，等鬼來抓我。」

Chapter6

遇到無良的老闆，不用試著討他開心，只要過得痛苦就能令他歡欣雀躍

汙濁的淚水轉為清澈，展現出星空般的黑眸。深色的雙眼有如蛋白石，閃爍流轉著點點星輝。

絲帕蔻娜握著封平瀾的手因分神而放鬆。奎薩爾見狀，立即將封平瀾的手抽離她的掌握。接著向前站了一步，來到封平瀾身旁，將自己側擋在封平瀾前方。

絲帕蔻娜看著眼前逐漸清晰的景象。

她的眼被封閉了數千年。她已經很久沒用這雙眼睛觀看。

也很久沒看得那麼清楚。

她看著座席下的人們，映入眼中的不只是每個人的樣貌，大量的資訊與情報呈現眼前。靈魂的色澤和樣貌，心中的思緒與情感，過往的經歷，血脈的源頭，既定與未定的命運，千百種可能發生的未來——關於一個生命的所有訊息，在她面前一覽無遺。

特別是眼前的兩人。

包圍著他們的命道，光色無時不刻在翻轉。牽扯兩個世界的巨大命輪軌跡，以兩人為軸心，轉動、構築、變幻。

絲帕蔻娜閉上眼。

太多了，她不需要看見那麼多。再看下去，她會看見自己不該看、也不配看的東西……

當她再次睜眼時，先前眸中那有如銀河的光彩已消失無蹤，只剩深不見底的漆黑。

殿內裡所有的人，瞠目結舌地看著絲帕蔻娜身上的變化。就連樊也看傻了眼。因為他也從未看過絲帕蔻娜卸去血痂後的容顏。

那不到半罐寶特瓶的清水，有如強效的清潔劑，將對方臉上的陳年血垢盡數洗淨。隱藏在血汙後方的，是一張精緻秀麗的少女臉龐，看起來比封平瀾還要小幾歲。

「呃，那個，妳──」

封平瀾正想詢問，但是他還沒提出問題，絲帕蔻娜便逕自開口。

「你所找的人，離你很近，又離你很遠。」她肅穆地宣告，「你以為你找到你想要的，但他已經不完全是你所想要的。你所渴慕的，一直照著你的渴慕給予，但領受的卻是你的倒影。扭曲的愛掩蓋了雙眼，看不見答案，也掀起了一切的禍患──即便如此，在終焉之時到來以前，在極致的黑暗侵覆之時，星星之火仍有機會燎起耀天的巨燄。」

絲帕蔻娜幽幽地吐出預言，但太過隱誨幽微，主語也不明確，讓聽者無法徹底理解。

「這、這是什麼意思？」封平瀾開口。

「這是最核心、最完整的答案。我所回應的，比你們原本所求問的，更加深沉，更加接近所有隱而未現的真相。」絲帕蔻娜看向奎薩爾和封平瀾，漾起笑容，「看在『那位』的份上，我所訴說的，遠超過你們所想要的。」

「可是，這也太過模糊難懂了吧？」墨里斯不滿地嘀咕，「不能說得更清楚、更簡單一點嗎？」

「不能直接給地址的話，給個大概方位和國家也行。」璁瓏隨即附和。

「這才是預言該有的樣貌。」絲帕蔻娜凜然回應，「占測，是預測方位，而非指示明確的道路。當預言模糊不清時，未來才有無數改變的機會。若是說得太過明確，那就沒有轉圜的餘地。求占者得到確切答案的同時，將得到僵死而不可變動的未來，這也即是代價的一部分……」

封平瀾看了奎薩爾一眼，對方面無表情。

絲帕蔻娜的話語，讓他陷入了沉思。

他對預言的內容沒有頭緒，但他的直覺告訴他，真相或許不是他原本所期望、所欲見的。

「所以，原本只要獻上人界的清水給妳，就能得到預言？」開口說話的是樊，他的語氣非常激動，臉上有著難以言喻的複雜情感。

絲帕蔻娜看向樊，眼中帶著同情。「實際上，獻上任何東西，我都會依照所獻之物的價值，給予等值的回應。但我能給的都是朦朧的讖語，許多人無法滿意，所以後來他們找到了方法，讓我說出他們想要的答案。」

人類的雙眼和心臟。

這讓她看能將問題的來龍去脈看得一清二楚，但也讓她的視力變差，視野變得狹窄。到最後，她什麼也看不見，只有觸摸活人的雙目和心臟時，才能短暫地重見光明。

但她所能看見的，全是她不想看見的東西。

「所以，」絲帕蔻娜轉頭，望向封平瀾與契妖們，勾起嘴角，「如果你們對占卜的內容不滿意，想要更清楚明確的答案……」

她的手緩緩舉起，朝著封平瀾的臉撫去。

但細柔的肌膚還沒碰到他的臉，封平瀾就被一旁的奎薩爾拉到身後。

奎薩爾以冰冷無畏的眼神看向絲帕蔻娜。她盯著他片刻，勾起好奇而玩味的笑容。

「這些年來，人界和幽界似乎變了不少，真可惜……」可惜她無法離開此處，無法親眼目睹即將發生、影響兩個世界的劇變之刻。

「那……我們該做些什麼嗎？至少，給一點點暗示，是要繼續保持現況，還是要前往某處？」封平瀾提問。

「命運和時局會逼你們做出反應。你們已經沒有『現況』可以保持。兩個世界的住民太過密集地往來，將兩端牽繫得更加緊密，互相影響，波動也更加相近。當我們談話的同時，你們所謂的『現況』，已經變質。」

絲帕蔻娜忽地抬起頭，和樊一同望向大殿門口。

「又有訪客了。這裡從來沒這麼熱鬧過呢。」

大殿的門開猛地開啟。

雪白與殷紅交雜的人影，出現在門後。

妖化的冬犽渾身血汙，他在踏入讖殿前已努力收斂妖力，但仍無法完全變回人類型態。他的雙眸亮著妖異的紅光、身後拖著巨大的獸尾，雙臂上的符紋刺青完全顯現，顏色濃深到像是蝕刻入骨一般。

「冬犽?!」

「你怎麼——」

冬犽一看見奎薩爾和封平瀾兩人站在絲帕蔻娜的面前，心頭一凜。

他無視同伴的訝異，如狂風般瞬間襲捲到絲帕蔻娜座前，將封平瀾拽到身後，整個人護在封平瀾前方，隔阻絲帕蔻娜，也隔阻奎薩爾。

冬犽看著奎薩爾，眼裡充滿了失望和悲痛。

「你將他獻為活祭？」冬犽以森冷而慍怒的語氣質問。

奎薩爾冷眼看著冬犽，沒有立刻回答。因為，比起澄清，他更在意冬犽此刻的狀態。

冬犽身上的血有兩種味道。一種是妖魔，另外一種既非妖魔也非人類。他無法判斷辨識。

在強烈的血腥味之下，他隱約聞到了另一種氣息，不純粹而雜駁的妖氣。

「冬犽，不是的——」封平瀾開口道。

奎薩爾冷聲反問，「如果真是如此，你想怎樣？」

冬犽漾起笑容，「沒什麼。」他轉向封平瀾，「我只是希望，由我來動手……」

此語一出，眾人錯愕。

特別是百嘹，他看著冬犽的表情，頓時轉為深沉。

這傢伙，打算幹什麼……

「我可以在傷害他的同時，給予醫治。」冬犽以堅定的語氣說著。他轉向封平瀾，揚起溫柔的笑容。「我會設下結界，盡量讓你感覺不到痛苦。但我保證，我絕對不會讓你死去。」

他伸手搭上封平瀾的肩。不曉得是出於疼痛或是其他理由，冬犽臉上的笑容看起來有些許地扭曲。

「真的很抱歉，讓你必須面對這些。放心，我不會讓你死去的。」

封平瀾看著笑得和平時一樣溫柔的冬犽，不曉得為何，他突然覺得冬犽離自己好遠……

眼前的冬犽雖然笑著，但他卻覺得，好像輕輕一碰就會崩解、消失。

「冷靜點，冬犽。」封平瀾將手覆上冬犽的手背，握緊，以有如哄勸孩子的語氣解釋，「不用擔心我，已經結束了。奎薩爾沒有答應拿我獻祭，我們給了絲帕蔻娜其他禮物，所以她告訴我們預言。已經結束了，冬犽，我沒事。」

「真的？」冬犽錯愕，不可置信地望向他的同伴們。

希茉以帶著擔憂的神色，朝他點了點頭。

他看向奎薩爾，一時語塞。

「我沒事，冬犽，真的。」封平瀾的話語聲再次傳來，拉回冬犽的注意力。

冬犽低頭審視著毫髮無傷的封平瀾，看著那充滿擔憂的臉，然後身子一頹，重重地鬆了口氣。

「抱歉，我有些反應過度，我以為……」冬犽略微歉疚地看了奎薩爾一眼，接著轉回頭，「你平安就好。」

「那你呢？」封平瀾看著滿身血汙的冬犽，「你受傷了嗎？」

冬犽微笑，「放心，我也沒事，這不是我的血。」雖然也有他的血，但他不想讓封平瀾擔心。

「打斷了你們非常抱歉。請原諒我的失禮。」冬犽恭敬地屈身，對絲帕蔻娜行禮。

絲帕蔻娜看著冬犽，片刻，發出一聲冷笑。

「你應該慶幸……」她撐著小臉，盯著冬犽的雙眸，「大祭司的祝福，連帶眷顧了你。不管你原本打算做什麼，成功的話，只會讓你與你想守護的人走上毀滅。」

冬犽看著那雙黑眸。

巫妖幽闐的眼眸深處，倒映出了影像，在瞬間將冬犽吞噬——

他看見了地獄。

他想移開眼，身子卻不聽使喚。

「……我是太初之巫，那些小把戲騙不了我的。」絲帕蔻娜清脆的細語聲，幽幽地傳入他的耳裡。「你的命道也非常有趣，你為未來埋下了毀滅之種。究竟，它會不會開花結果呢？」

絲帕蔻娜看著冬犽，勾起甜笑，接著將視線轉開。

此刻，冬犽緊繃的神經才放鬆。只是短短幾秒的接觸，已讓他渾身冷汗。

絲帕蔻娜對著眾人開口，「你們的心思意念，會影響你們的決定。不同的決定，會開啟不同的未來。即便在真相揭露之時，局勢訂定之刻，都存在著變革翻盤的可能。」

眾人沉默。

雖然絲帕蔻娜的預言乍聽之下，讓人覺得前景多舛，但這句話又帶來了些許希望。

絲帕蔻娜深深地喘了口氣，「好久沒說這麼多話了……」她輕咳了聲，接著指了指封平瀾手中的半瓶水。「那個，可以借我一下嗎？」

「噢噢！當然當然！」封平瀾連忙遞上，「我還有一罐，妳要的話都給妳！」

「不需要那麼多。」絲帕蔻娜接下水瓶，纖長的指頭沾了沾瓶口，接著，朝著面前的水晶盆一彈。

水珠滴落在盆中的那一刻，瞬間擴張湧流，裝滿了整個晶盆。

「這樣就夠了。」她將瓶子遞還給封平瀾，「希望它能不再被汙染。」

封平瀾接下水瓶，看著絲帕蔻娜。

雖然對方擁有千萬珍寶，洞察一切真相事理，卻只能待在讖殿裡，這個包羅萬有的華麗牢籠。

這讓他想到了蜃煬。

「還有問題嗎？」注意到封平瀾的視線，絲帕蔻娜笑問，「趁著我今天心情不錯，開口吧，或許我會回答你。」

「喔，我覺得妳長得很可愛。」

絲帕蔻娜挑眉，揚起甜美的笑容，「謝謝。」

「封平瀾，你這麼急著找死嗎……」墨里斯咬牙切齒的警告聲從後方傳來。

「人家又不在意。」封平瀾看向絲帕蔻娜，「我只是有點好奇，為什麼妳看起來比一般妖魔年幼？巫妖都不會變老嗎？」

「巫妖也是受創造的生命，既然是生命，便會有衰老與終結之時。並且，隨著年歲增加，便得付出更多的妖力，以維持外貌的青春。」絲帕蔻娜伸手撫上自己的臉，笑了笑，「不過，我的樣貌算是特例。這青春的外表，並非靠妖力支撐，而是某位貴客獻給我的代價。」

看著席榻上那嬌小可人的身影，眾人不禁思索，究竟是什麼樣的妖魔能給予巫妖這麼長久的青春年華？對方又是問了什麼問題，付出了這樣的代價？

絲帕蔻娜打了個呵欠，「你們該走了。樊，送客。」

樊走上前，恭敬地對眾人比了一個「請」的姿勢。封平瀾等人識相地跟在他身後，準備離開。

「謝謝妳。」封平瀾在踏出大殿前，轉頭對著絲帕蔻娜招手，「再見喔。」

絲帕蔻娜笑出聲，「我再告訴你們一件事，做為餞別的禮物。」她又打了個呵欠，「關在籠子裡的小丑，知道所有真相。他懷藏著真相，將黑暗與光明玩弄於掌中……」

接著，她的眼眸輕輕閉起，不再說話。

樊領著眾人，走出了房門。

眾人詫異地發現，原本他們向下穿越了又深又長的樓梯，才到達最深處的大殿，但是此刻，他們的位置卻變成了最高點。

「往下走便會通向出口。」樊看著封平瀾一行人，勾起難以言喻的複雜笑容，「你們讓我見識到不少東西，也讓我知道了不少真相。」

「你不是絲帕蔻娜的僕人嗎？怎麼連你也不了解自己主子的事？」璁瓏好奇。

「我來的時候，她的臉已經被血汙給覆蓋了。況且，我也不是自願來此。」樊看向封平瀾，以欽羡的語氣說道，「你的運氣很好，也很聰明。你是我所見過第二個本該成為祭品、卻沒有死去的人類。」

「那第一個是誰。」

樊微笑，「在你眼前。」

眾人錯愕。

「你是人類？」

「是的。」樊笑著陳述往事。「當年，我的同族背叛我，拿我作為祭品。不過，他們錯估了兩件事。其一，在讖殿裡，所有妖魔都無法施展妖力，其二……」樊的眼眸閃過凶光，「對沒有妖力的妖魔和召喚師而言，我比任何人都來得危險。」

他本是某個召喚師世族的庶子，沒有與妖魔締契的資格，只能成為護衛家族的戰士。

他接下了家族給予的使命，參與這艱險的旅程，本以為這代表自己受到族人的重視，卻不知自己仍是個隨時可以被取代、被犧牲的物品。

帶著他來的召喚師，命令契妖剜出他的心臟。當刀刃靠近他的那一刻，他搶下了那柄刀，割斷契妖的喉嚨，同時以迅雷不及掩耳的速度，將剩下的人全數斬殺。

「我犯了個錯誤，因為我殺光了所有妖魔。失去立契的妖魔，便無法在幽界存活，也無法回去人界。我只能留在讖殿裡，成為緯世女巫的僕人，苟延殘喘下去。」

「召喚師也來過這裡？」

「當然，而且不只一次。不過，最近已經很久沒見過了。」樊勾起憎惡的冷笑，「比起妖魔，人類更擅於造孽呢。」

也只有人類，會拿自己的同類來獻祭。

「你在這裡多久了？」封平瀾好奇。

「我不知道，幽界的時間和人界流速不同，加上這個空間又不屬於任何世界，所以我無法給你答案。我只知道，我剛來時大概和你差不多年紀。」

封平瀾看著樊，片刻，小心翼翼地提問，「你要不要……一起離開？」

如果樊是因為沒有與妖魔立契、無法穿過幽界回到人間的話，那麼他們幫得上忙。

樊訝異地挑了挑眉，隨即漾起真心而誠懇的笑容。

「不了。我若要走的話，過去有的是機會。」他輕嘆，「我離開人界太久，我的親友們早已死去，我所屬的家族說不定也早已滅亡。我沒有回去的意義……」

況且……

他側頭，望向身後的門扉。

若他離開，讖殿就只剩她一人。

眾人不再多言，走下階梯，朝著出口邁進。

「沒想到事情這麼順利。」封平瀾笑著開口。

「順利個頭！那女人講了一堆語焉不詳的東西，到頭來我們還是不知道雪勘皇子在哪裡……」璁瓏低聲抱怨。

「……總是會找到真相的。」希茉小聲開口，「幸好平瀾沒事……」

「不曉得現在人界是什麼時刻，希望我們沒離開太久，不然我出發前買的滷味可能會壞掉。」封平瀾擔心地說道。

「哼，只想到吃，應該有更重要的事要處理吧。」墨里斯氣憤地提醒，「先去雅努斯找蜃煬算帳！」

眾人由衷表示讚同。

百嘹走到冬犽身邊，以漫不經心的口吻問道，「去哪裡了？」

「去探訪一位老朋友。」冬犽微笑著給了個含糊的答案。

百嘹笑了笑，以只有對方聽得見的聲音低語，「不要敷衍我，我知道怎麼樣讓你告訴我答案……」

冬犽微笑，以同樣低沉的語調回答，「我也知道，要怎麼樣讓你無法開口說話……」

奎薩爾走在最前方。封平瀾跟在他身後幾步的距離。

他看著面前那頎長而英挺的身影，忍不住笑出聲。

「幹嘛一個人偷笑？」璁瓏質問。

「噢，我只是慶幸絲帕蔻娜沒有接受我的手機。」封平瀾拿出手機，「這裡面有一堆我珍藏的照片和影片，要是送出去的話，我還真捨不得呢。」

「……你珍藏的影音，該不會和希茉電腦裡的東西一樣吧……」

「啊？」封平瀾愣了一下，然後會意，他不好意思地抓了抓頭，「呃，應該沒有到完全一樣的程度啦，也有一些其他東西……」

「你竟然想把那種東西當禮物獻給巫妖？」璁瓏嫌惡地道。

「哎呀，反正人家也沒收下。況且，說不定她很喜歡，畢竟獨處深宮這麼久，偶爾也想追求刺激，看些肉欲橫流、愛液四射的——」

接下來的話語被墨里斯從後方伸來的大掌直接堵住。

「我們還沒離開她的地盤，你最好注意用詞。」墨里斯警告。

封平瀾舉起雙手作出投降的樣子，墨里斯才將手放下。

他繼續自己的腳步，不再多話，手伸入口袋握住手機。

他所捨不得的，是他與影校同學、和契妖們日常生活的照片和影片。

雖然知道在最終分離之時，這些東西全都得刪除，但至少在那之前，他可以一直持有，不斷地重複觀看，直到能記下每一張照片裡的光影與色彩，每一段影片裡的對話和互動。

過沒多久，一行人來到了階梯的盡頭。推開門，外頭是一片濃霧，比他們來時更加厚重稠密。

眾人一一步出識殿大門。

濃霧裡，伸手不見五指，彼此都看不見對方的身影。

「這霧也太厚了吧？」墨里斯的聲音傳來。

「或許是因為識殿將要消失。」璁瓏的聲音響起。

「跟緊點，留意腳步。」最後，是冬犽的提醒聲。

大霧沒多久便逐漸散去。眾人發現，自己所處之處，並非來時的霧原邊境。

奎薩爾仰首望著天空。原本光明的白晝，此時已經變成揉和著淺紫的灰暗暮色。他左右觀察著景色，推斷出自己所處的位置是霧原西側的臨海城郊。

他們究竟在識殿裡待了多久？

「搞什麼，這次是九皇子的都邑嗎？」抱怨聲從不遠處響起。

奎薩爾轉身，看見自己身後的不是封平瀾，而是璁瓏與希茉。

「其他人呢？」希茉左右張望。遼闊的天地間，方圓幾里之內，只有他們三人的身影。

奎薩爾拿起追蹤球查看。七個光點分成三組，再次散落各處。但這次，彼此的距離相差不遠。

「看來，我們又被分散了……」

人界。

法國，巴黎。

巴洛克風格的歌劇院，屋頂上豎立著手持豎琴的金色阿波羅神像。宏偉的雕像散發著極致的尊榮氣息，傲立於夜空之下，威風凜凜。

歌劇院內部有著相同等級的華貴輝煌，宛如細緻的珠寶箱。兼具美感和實際功能的設計，使絕美的歌聲完美呈現，在大廳裡迴響。

包廂座席裡，一名有著淡金色長髮的俊美男子獨坐其中。

在他身後的牆面上，有著兩道影子。

這是三皇子鴆慈專屬的包廂，擁有絕佳的角度和距離。

此刻，舞臺上歌唱的是一名女伶。女伶非常年輕，宛轉中帶著點悲楚的唱腔，是她的特色。

鴆慈閉著眼，細細地品味聆聽。

最近，他常來聽這位歌劇新秀的演出。並不是這位女伶唱得特別好，而是她的歌聲，聽起來和某個人有些相似。

不過，也只是相似而已。若是仔細聽，那悲楚的唱腔中帶著些虛假，是為了配合歌詞意境而刻意為之。

他所認識的那個人，有著比這更純粹、更真實、更觸動人心的歌聲。即使唱的是沒有歌詞的曲子，也能引起共鳴……

那隻離他而去的鳥兒。

歌聲迴蕩，半夢半醒，他的思緒陷入了回憶中。

他夢見自己身處寢宮。巨大的金色牢籠裡，關著紅色的嬌小身影。

他的妖鳥希茉正唱著歌。

他記得這一天。這天是他第一次對希茉動怒的日子。

那天稍早，他與母親談了話，那不是什麼愉快的經驗。

他的母親出身上級貴族，對權力有著極端的執著。對母親而言，他不只是她的兒子，也是攀上更高位的唯一道路。扭曲的母愛，造就了他扭曲的個性。

他非常擅於偽裝自己，擅於隱藏自己的感情。他裝出怯懦而溫吞的形象，是為了讓敵手掉以輕心。但母親對此並不讚賞，她總懷疑這是他的藉口，懷疑他會藉此逃避與其他兄弟的競爭。

因此，每隔一段時間，母親便會把他找去教訓斥責。

他從母親身上學到，無形的話語和情感，對於一個人的殺傷力，遠比刀劍更加強大。

「唱歌給我聽。」他對著希茉開口，「任何歌都可以。」

希茉看著他片刻，然後恭順地點了點頭，開口。

悲傷、壓抑、怨恨和渴望，種種的情感，巧妙而又複雜地融合在歌聲裡，與他當下的情感不謀而合。

他一陣錯愕，隨即感到一股帶著羞愧的惱怒。

他伸手，朝著空中猛地抓握。金色牢籠的數根欄杆瞬間扭曲變形，希茉的歌聲也驟然停斷。她的雙手搭在頸上不斷喘氣，無形的力量掐住了她的咽喉，讓她無法呼吸。

希茉望著他，清澈的水藍色眼眸裡，沒有恐懼，只有不解。

他鬆開手。

希茉無力地跪下，重重喘氣。

「以後，只准唱歡樂的歌。」他下令。

「可、可是，」希茉困惑不已，「我唱得不好嗎？我以為你……」

「我不喜歡。妳沒有其他選擇。」

希茉唱得很好。她察覺到他的情緒，唱出了他的感受。

他不喜歡的，不是希茉的歌，而是這種被人看透的感覺。

他不喜歡有人看穿他、了解他。因為，他母親教導他，若是被人看穿心思、被人了解，總有一天，那會變成自己的弱點；總有一天，他的敵人會利用他的情感和想法攻擊他。

畫面轉變。

場景，依然是他的寢宮。他坐在書房中，旁邊站著玖蛸。

他記得這一天。這天是希茉被雪勘帶走的日子，也是他對玖蛸下咒的日子。

玖蛸是前陣子才歸入他旗下的侍從。這個新來的妖魔和其他人相比，有點少根筋，但是妖力比一般妖魔來得強。因此玖蛸上任後沒多久，他便讓玖蛸跟著他，陪他處理公務。

那天深夜，他坐在桌前，心不在焉。

巨大而空無一物的金色鳥籠，就在他的面前，他覺得非常礙眼。

玖蛸守在他身邊，默默地打量著他，接著偏頭思考了片刻。

「三皇子……」

恍神中的他，被身旁的人輕輕地推了兩下。他轉過頭，看見希茉近在眼前。

他錯愕，隨即驚喜。

他以為希茉回到他的身邊了。不管是自願歸返，或是被雪勘退還，希茉回到他的身邊了——

「您覺得呢？」眼前的希茉笑著詢問，「您很喜歡這隻妖鳥對吧，變成這個樣子，有讓您的心情好些了嗎？」

鳩慈遲滯了半秒，領悟到眼前的人並不是真的希茉，而是玖蛸化身而成。

被看穿、被冒犯、被愚弄——種種的感覺，讓他心中的惱怒在瞬間爆發。

玖蛸看著三皇子，察覺到對方的臉色變得非常難看。他意識到自己做錯了事，趕緊變回原樣，跪伏在地。

「萬分抱歉！屬下僭越了！請皇子殿下恕罪！」

「你似乎有很多想法。」鳩慈以平淡而悠然的嗓音說著，聽不出怒意，但卻讓玖蛸冷汗直流，「我要怎麼知道，你會不會利用變身的能力，欺騙我、背叛我呢？」

「我、我絕對不會那麼做的！」玖蛸緊張到快哭出來。他分不清楚自己想哭的原因是擔心自己的下場，還是因為被三皇子誤會，他只能不斷地求饒。「我只是，想讓您高興——」

「住口！」鴆慈斥聲，接著低誦咒語。

他對玖蛸施了重咒，比詛咒更加惡毒的咒語。

從此，不論玖蛸思考什麼，嘴巴便會自動說出。他沒有辦法藏有任何祕密，所有的想法，全都被迫展露在眾人眼前。

他把玖蛸調到別處。他不想看見那紫色的身影用無辜的眼神看著他。

畫面再次變動。

場景依舊在他的寢宮。

「鴆慈，這個給你。」少年爽朗地笑著，接著不由分說地把一本厚重的書塞到他的手中。

這是他最小的弟弟，雪勘。

他記得這一天。這是他發現看似沒有任何異能的弟弟，其實是他步向王位最大憂患的日子。

他低頭，翻了翻手中的書冊。書裡有著色彩繽紛的圖畫，還有排列整齊、大小一致的文字。這是來自人界的書。

「你又偷跑去人界了？」

「沒有停留很久，只是稍微看看而已。」

「要是被發現，會受責罰的。」他以溫柔的語氣說著。

他並不是真的擔心雪勘，但他也不想看到雪勘受罰。

「你不說就沒人知道。」

鴆慈露出無奈的笑容，接著低頭翻閱著手中的書。

「這些文字並非抄寫而成，而是先將文字刻在板子上，再以墨印製的。」雪勘以得意的語氣介紹著，接著以充滿期待、邀功的目光看著他，似乎等著他的誇讚。

「這……真的很了不起，我從沒看過這樣的工藝。謝謝你。」他順著雪勘的期待，讚嘆。「但，為什麼會想送我這個？」

鴆慈不解，他是對人界的東西感興趣，但程度就和一般妖魔一樣而已，他也並不是特別喜歡書籍。

「我知道你喜歡書。」雪勘毫無心機、毫無顧忌地笑著回答，「你讓祿鰲帶了好多書給你，西苑都快被你的書堆滿了。」

這席話讓他震愕。

祿鰲為他帶書的事是在暗中進行。為什麼雪勘會知道？

他努力地讓自己維持冷靜，看著雪勘。對方的臉上仍掛著單純的笑容，這讓他稍微安心。

「我就知道，你最了解我，對我最好。」他露出溫柔的笑容，拍了拍雪勘的肩，儼然是一位疼愛弟弟的兄長。

那一天，他確定了一件事。

他總有一天，會背叛這個一心信賴著他的弟弟。

那三個真心對他好、對他沒有任何意圖的人，他卻以殘忍的方式回報。

他知道，他是個卑劣的人。

只要和人交往過深，就開始厭惡那個人。他注定孤獨，這樣的孤獨讓他安心。但是，他又不想要一個人。

不能被任何人了解，他只能信任自己。但他的內心深處，卻又渴望被了解。這樣的矛盾與糾結不斷循環，讓他整個人變得越來越扭曲、越來越瘋狂……

但是偶爾，他還是會做夢，夢到他還住在中央皇都裡，還披著怯懦的面具，和他的妖鳥、下屬，以及他的幼弟快樂地生活——

「皇子殿下。」

祿鰲的聲音從身後傳來，將他從淺寐中喚醒。

「有什麼事？」

「東尉求見，他已經到皇樓裡了。」

「讓他等。」

「他說有要事稟報……是關於雪勘皇子的契妖。」

鳩慈臉色驟變。他冷哼了聲，不情願地起身。

臨走前，他望了舞臺一眼。舞臺中央的女伶努力地唱著，美妙的歌聲裡有著濃濃的討好意味。聽在他的耳裡，只覺得庸俗而膚淺。

「果然……」他輕嘆了聲，「還是差得遠了。」

Chapter7

人有時就是會鬼迷心竅幹下一些連自己都無法理解的蠢事

幽界。

荒原高處的岩石上，站著一黑一白的人影。環望周遭，方圓數十里之內，只有這兩道人影佇立。

「搞什麼，又分散了？」墨里斯不耐煩地低吼。

冬犽拿出追蹤珠，看著上頭的光點，「幸好，這次相隔沒那麼遠。」

墨里斯湊過頭，「的確，如果全速移動的話，大約半天就可以這組人會合。」他指了指追蹤珠上離自己所在位置最近的光點，「另外一組看見我們的移動方式，應該也會有相同的行動。既然相隔不遠，不如先會合。」

冬犽看著球上的光點，沉思片刻，否定了墨里斯的提議。

「不，還是直接前往霜松林的次元通道口吧。」

「喔？」

「讖殿裡的時間流動和外界不同，幽界和人界的時間流速也不同。雙重變因之下，我們無法確定來到幽界之後，人界到底過了多久。若是被影校的人發現我們帶著平瀾失蹤，可能不太妙。所以我覺得最好別浪費時間。」

冬犽說著冠冕堂皇的理由，然而，會提出這樣的建議，純粹是出於個人因素。他的體力目前尚未完全復原，若是再次以高速移動，身體會吃不消。

更重要的是，他暫時不想見到其他人。

特別是百嘹。

他可以想像得到，當他沒和其他人一起同行前往、又渾身血汙地出現在讖殿時，那隻蜂兒有多麼憤怒惱火。

「的確。」墨里斯點點頭，「還是你思慮周全。」

冬犽回以微笑，笑裡帶著點心虛。

其實，他剛才說的理由，若是仔細推敲便會站不住腳。說實在的，若是他們已被影校的人發現失蹤，那麼早一點回去或晚一點回去，其實並沒有差別，重點在於他們返回後如何編出能說服對方的藉口。

任何事只要聽起來合理，墨里斯便不會再追究細節。他由衷慶幸，和他同行的是墨里斯。

「立即出發吧。」冬犽開口催促，「我會在空中跟在你後方，勘查地面上的情況。」他不著痕跡地先為自己的行動緩慢找了下臺階。

他召喚風，正打算乘旋風飛空時，墨里斯喚住了他。

「等一下。」

冬犽停下動作，「怎麼了？」

「你就這樣行動？」

他低下頭，看著自己沾滿血漬的衣服。乾硬的血塊附著在衣物上，觸目驚心。

「向南方去會經過一條河川，我們可以在那裡休息，讓你清洗。」墨里斯看著連臉頰和頸邊都帶著細碎血塊的冬犽，忍不住皺眉，「你到底是去哪裡啦？搞成這樣，和先前的絲帕蔻娜有得比。」

最愛乾淨、最無法忍受髒亂的冬犽，竟然連身上的髒汙都不顧。

他不在的這段期間，究竟是去幹了什麼……

冬犽笑了笑，低頭看著身上的汙痕，雲淡風輕地回答，「只是去拜訪老朋友罷了。」

墨里斯挑眉，顯然不信。

「然後，過程中出了點小意外……」

「少來了，我可不是封平瀾，沒天真到那種地步。」墨里斯不以為然地哼聲，然後盯著冬犽，「別以為我不知道你幹了什麼。」

冬犽心頭一陣緊張，但面上依舊不動聲色。

難道，墨里斯看穿了他的行動？

「你覺得，我做了什麼呢？」冬犽微笑著反問。

墨里斯勾起嘴角，「你和人幹架了，對吧？」

冬犽愣了一下。

「這……確實如此……」不過，不算幹架。而是他單方面的屠殺。

「好傢伙！」墨里斯重重地拍了冬犽的肩，看起來相當興奮，「贏了嗎？」

「嗯，是……」雖然墨里斯完全誤會，但這樣也好，他順勢承認，省得日後還要想藉口。

「很好。」墨里斯滿意地點頭，「贏了就好。」接著便不再多問。

對墨里斯而言，他只在意戰鬥的結果，過程與對象不是重點。

冬犽再次慶幸，自己是和墨里斯分在一起。

墨里斯伸展身子，筋骨發出了輕脆的聲響。高大精壯的身軀，強健的生命力在肌肉筋骨中勃發運行。

「我先行一步，等會見。」

墨里斯將妖力灌注於雙足，深吸口氣，猛然暴衝。整個人有如疾發的箭矢，向前飆行。

冬犽再次喚起旋風，御風而行。由於前行的方向正好順風，讓他省了不少力。

沒多久，兩人便抵達河畔。

冬犽褪下衣服，泡在淺灘裡，接著步向水中，清洗身體。

墨里斯坐在一旁的岸邊，一邊等候冬犽，一邊敘述讖殿裡發生的所有事。

「……我以為他會接受要求，讓封平瀾成為犧牲品。我不希望他那麼做，畢竟封平瀾這小子對我們有恩……」墨里斯自嘲地輕笑了聲，「但在那個當下，我卻完全不敢吭聲，挺窩囊的呢。」

冬犽沒有回應。

他低下頭，看著水中的倒影，忍不住暗自發出一聲嗤笑。

他還想著要如何讓封平瀾在獻祭過程中逃過一劫，但奎薩爾卻直接拒絕了獻祭。

看來，最膚淺的人是他自己。

冬犽暗嘆了聲，將手撫上胸口。雖然傷口尚未完全癒合，但是傷疤已縮小許多，顏色也淡了不少。

他做了多餘的事……

雪白髮絲上的水珠滴落，將水面倒影點散，化成一圈圈的漣漪。

為了分散思緒，冬犽轉移話題，開口詢問，「你來時是和百噂同行？」

墨里斯重重一哼，「是。」想到在路途中受的氣，他便覺得一陣惱火。

冬犽苦笑，「辛苦你了，百噂喜歡作弄人，和他獨處是種試煉。」

「的確。」墨里斯停頓了幾秒，「不過，也不完全如此……」

託百噂的福，他見識到不少新奇的東西，知道了不少事。特別是進了城鎮之後，若是沒有和百噂同行，他可能無法過得那麼舒適。

他忽地想起百噂在旅程中和自己說過的話。

或許是長程的旅途讓他感到疲累，或許是在讖殿待久了導致思路昏瞶，此時的墨里斯，突然對百噂提過的某件事，非常地好奇。

「喂，冬犽。」他朝站在水中、背對自己的雪白身影喚了聲。「猜猜這是什麼。」

「嗯？」

冬犽還來沒回頭，便感覺後腦勺被一團東西擊中。

「啪！」

一團軟爛溼黏的物體，黏在雪白的髮絲上，然後沿著後腦緩緩滑落，在皎潔的背脊上，留下一道黑褐色的汙痕。

「給你兩個提示，野怪、直腸。」墨里斯笑著開口，「很好猜吧。」

冬犽真正發火的時候，是另一個模樣——特別好看。

當時，百嘹燦笑著，篤定而信誓旦旦地告訴他。

他很好奇，百嘹所說的特別好看的模樣、讓百嘹如此執著的模樣，究竟是什麼樣子。

墨里斯的眼睛緊緊盯著冬犽的背影，就怕看漏了任何細節。他期待地等著對方回頭。

「墨里斯……」冬犽輕柔的聲音響起，「猜猜看，我想對你做什麼？」

他緩緩轉過頭，溫柔的容顏上掛著笑靨，卻散發出一股無比猙獰、無比危險的壓迫感。

「給你兩個提示，很痛，非常痛。」

看著冬犽的笑，墨里斯背脊發寒。他壓根沒想到好不好看、美不美的問題。他現在只關心一件事，就是自己是否能完整地回到人界。

「我胡說的！你冷靜！那只是岸邊的泥，只是泥而已！」墨里斯連忙解釋。

該死的，他為什麼會突發其想做這種事？他是被百嘹傳染了嗎！

「只．是．泥？」冬犽挑眉，對這答案似乎不是很滿意。

「抱歉！我鬼迷心竅，做了不對的事。對不起！」墨里斯鄭重地道歉，表情充滿痛悔。

「為什麼突然這麼做，嗯？」輕柔卻又充滿威脅性的問句傳來。

墨里斯尷尬地猶豫了一秒，最後決定老實回答，「我只是有點好奇……」

「好奇被風刃斬入骨頭的感覺？」

「當然不！」墨里斯連忙否認，「百嘹和我說，你生氣的樣子特別好看，我只是想確認是真是假……」

該死的臭蟲子，又騙他！混帳東西！

「這樣呀……」冬犽微笑，「所以，你覺得呢？」

「我覺得你冷靜的樣子最好！」墨里斯眼角瞄到了擱在淺灘裡的衣服，連忙撈起，「衣服看起來已經洗乾淨了，我去幫你烘乾！」

墨里斯趕緊逃離現場。

望著墨里斯的背影，冬犽感到一陣頭痛。

看來，他小看了百嘹。

這傢伙，即使不在身邊，也能給他帶來困擾吶……

山林野地，兩個人影佇立在無人的石徑上。

百嘹盯著追蹤球，看著那搶先開始移動的光點，發出了聲冷笑。

他很確定，這兩個移動的光點，其中一個是冬犽。

因為他知道，冬犽在逃避。逃避向他解釋自己的行蹤，還有身上的那些血。

「你以為你能躲得了多久……」

其他人或許會被冬犽唬弄過去，但他可不。

他會用他的方式讓冬犽面對他，回應他的每一個答案。他會讓冬犽知道，那任意妄為的行動，讓人有多麼地不悅——

「這裡有亮紫色的龍蝦！好炫！」嘖嘖稱奇的驚呼聲從不遠處傳來。

百嘹暗嘆一聲。

差點忘了，眼前還有個麻煩要解決。

百嘹轉過頭，只見封平瀾蹲在石頭路旁的草叢邊，驚奇地盯著一隻棲伏在草中的低階野怪，甚至拿出手機拍攝。

「你最好退開點。」百嘹輕聲提醒，「會很髒。」

「放心，我不會去摸它——」

封平瀾開口時，原本靜臥在地面上的野怪猛然直立而起，胸口向左右張開，露出尖銳的兩排利齒，打算朝封平瀾的臉夾咬而下。

幾乎是在同一時間，一道金光閃過，帶刺的長鞭在野怪張嘴的那一刻，將它打成碎塊。

受到猛擊，野怪的身軀爆裂飛散。帶著體液的碎肉渣，噴濺得封平瀾雙手和手機上都是。

那黏滑觸感，讓封平瀾發出一陣噁心的呻吟，連忙甩手。

「警告過你了。」百嘹冷聲說道。

他現在心情非常不好。

因為冬犽有事瞞著他，而此刻的他卻無法質問冬犽。

他看著封平瀾，這讓他不悅的另一個原因。

他有預感，冬犽所做的事，十之八九與封平瀾有關。

「所以，我們又和其他人分散了？」封平瀾一邊擦手機，一邊詢問。

「是的。」

「好。那我們就直接前往目的地吧。」

封平瀾坦率地笑著，彷彿相當確定自己會安然無虞，完全不擔心接下來的路程。

看著封平瀾的笑臉，百嘹心中的慍怒又上升了幾分。

這人類哪來的自信？封平瀾難道認為，他也會像其他契妖一樣保護他？多麼狂妄！

「冬犽和你們分散之後去哪裡了？」

「我不知道耶。」

「他去見了什麼人？」

「呃，我也不知道。」

百嘹挑眉，笑著開口，「所以，你就這樣任由他離開？真是明智之舉。」語氣中，有著明顯的不悅和諷刺。

「冬犽在我睡覺時不告而別，所以我也沒機會詢問。」封平瀾老實地解釋，像是沒聽出百嘹話中帶刺。「百嘹，你認為呢？」

百嘹勾起嘴角，「我認為，那個保護欲已經走火入魔的傢伙，可能會為了某個人，為了某些愚蠢的情緒，做出瘋狂的決定。」

冬犽進入讖殿時，以為奎薩爾要犧牲封平瀾，立刻出手阻止。但下一刻，卻又堅持由自己執行挖心取眼的儀式。

這矛盾的舉動，透露出冬犽別有企圖。

他到底做了什麼?!

封平瀾偏頭看著百嘹。他看得出百嘹在生氣，對冬犽和他生氣，但他不確定百嘹生氣的確切理由。

「那，我們快點出發吧，早點和冬犽會合，就能早點得到答案了。」封平瀾笑著提議。

百嘹盯著封平瀾，打量著那瘦弱的身體，「來時的路程，你是怎麼移動的？」

「一開始是冬犽用御風咒讓我和他一同飛行。他離開以後，就換成奎薩爾帶著我移動。」

百嘹挑眉，「走影路？」奎薩爾竟然願意讓人類進入自己的領域裡？

「對，不過因為我無法適應影道的咒語，所以奎薩爾就張開翅膀，帶著我一起飛行。」

這答案讓百嘹微愣。

奎薩爾不常讓自己半妖化，他不喜歡讓別人看見自己最原始真實的樣貌，更別提露出那雙顯眼的幻色雙翼，帶著人飛行。

而且，還是帶著人類。

百嘹在心中冷笑。

呵，看來冬犽不是陷得最深的。

「你還真是受歡迎。」

「沒有啦，百嘹比較厲害。」封平瀾不好意思地抓了抓臉頰。想到和奎薩爾共飛的情景，他忍不住露出一抹滿足的傻笑。

看著封平瀾的笑臉，百嘹心中的厭惡和不悅又加重了幾分，突破臨界。

啊，他受夠了。

受夠了這張笑臉，受夠了這張只會傻笑的臉。

他現在心情很糟，必須使壞，必須破壞些東西，來讓自己心情變好。

「似乎每個人都被你的單純、你無私的奉獻給感化了呢。」百嘹笑看著封平瀾，以溫柔的語氣說道，「但是，說實在，那讓我覺得挺噁心的。」

「呃，是哪方面的噁心？」封平瀾有點錯愕，因為百嘹向來都以諷刺或嘲弄來攻擊他人，很少如此直接。

「你解開了我們的封印，為了我們進入影校，和我們一起進行危險的任務，甚至願意為我們付出身體、犧牲生命——」百嘹一一數算著封平瀾的「恩德」，看似在褒揚，下一秒話鋒一轉，「但是，我不會感謝你。」

「我又沒有要你感謝。」封平瀾有點賭氣地回答。

「正確來說，應該是你要感謝我們。」百嘹笑著繼續陳述，笑著吐出惡毒的話語，「你要感謝我們，給了你那麼華麗的舞臺。因為有我們，才讓你這平凡的螻蟻，有機會死得那麼絢爛。」

「我不懂你的意思。」

看著封平瀾，百嘹揚起惡童般的頑劣笑容。

嗜虐的本能作祟，滿心的惱火和不安無處發洩，全化成了毒，融在話語中，朝著封平瀾灑下。

「我一直很好奇，為什麼你為我們付出到那種地步，甚至願意犧牲自己。直到剛才在讖殿裡，我想到了答案。」

封平瀾乾笑兩聲，「因為我是奎薩爾的腦殘粉？」

百嘹沒有直接回答封平瀾，而是丟出了另一個問題。

「為什麼，你當初會進入那棟洋樓？」

封平瀾沒料到百嘹會突然問這個，有點沒好氣地開口，「我說過了，因為我搞錯入住宿舍時間，又沒地方去，所以——」

百嘹冷笑，打斷封平瀾的話語。

「以你的聰明，進了洋樓之後，真的沒發現那屋子的異狀？你沒看見外牆上寫的那些警告，沒感覺到屋子裡的氣氛不同？」

「我那天坐了七小時的火車，又扛了那麼多行李，所以反應比較遲鈍——」

「說謊。」百嘹笑著伸出細長的指頭，指向封平瀾的胸口，「你在撒謊，騙你自己。但你騙不了我，我知道你去那棟洋樓的真正理由。你無視那些警告和徵兆，因為你的內心深處有個渴望，催促著你往險境筆直邁進。」

他看著封平瀾，看著對方眼中企圖隱藏的不解與不安，接著，以最迷人的嗓音、最魅人的笑容，愉快地宣布——

「你，其實是去那裡等死的吧。」

封平瀾臉僅存的笑容，瞬間消失。

這讓百嘹愉快至極。

很好。非常好。就是這樣。

「你知道那裡很危險，卻仍舊前往，是因為你想要結束生命，但又沒有勇氣。出任務時，每一個危境，你總能從容面對，那是因為你根本不在乎。」

百嘹繼續說著，歡快地吐著傷人的話語。

「你方才願意為我們獻上生命，是因為你知道，當我們離開之後，你必須再度面對那對你而言毫無可戀的世界。你根本沒有付出什麼，因為你所擁有的，不管是身分或生命，都是你本來就不想要的東西。所以說——」

百嘹笑呵呵地彎下腰，平視著封平瀾的臉，「我完全不會感謝你，因為你只是在廢物利用而已。」

話語落下，百嘹像是玩煙火的小孩，一臉期待地看著封平瀾。

好了，讓他瞧瞧吧。

被揭穿祕密後的羞愧、憤怒、痛苦、懊悔和惱怒，儘管展現吧。讓他瞧瞧，這張只會憨笑的臉，在崩潰之後會變成什麼樣子。他等著看自己點的火會爆起什麼樣燦爛的火花。

他很好奇，當冬犽發現他趁他不在狠狠重傷了封平瀾內心時，會有什麼反應。

這令他非常期待。

封平瀾看著百嘹，臉色凝重，沉默不語。接著，長長地嘆了口氣。

「百嘹，你真的很壞心呢。」講話那麼直、那麼毒，根本讓人沒有反擊的機會和空間吶。

百嘹挑眉。這反應不在他的預期之內。

「你真的很敏銳，能看穿別人的想法，難怪那麼多女生喜歡你……」封平瀾淺笑道。

百嘹皺起眉。

是打擊太大，壞了嗎？

封平瀾深吸了一口氣，開口，「你說的大致都沒錯，但是有一些地方不太對。」

「喔？」

「剛才在讖殿時，我並沒有打算獻出生命。如果我打算犧牲，我會直接拿刀捅自己，不讓你們陷入為難。」封平瀾勾起狡猾的笑容，「這樣的死法，才會更加悲壯，讓你們永遠都忘不了我。」

百嘹微愣。

「遇見你們之後，我每一天都很快樂，所以我捨不得輕易死去。」

他也捨不得讓契妖們因此而內疚，他不要對方因為罪疚感而記著他。他希望彼此共同擁有的，都是美好的回憶。

和契妖們在影校的生活太過快樂，既然現在還沒走到分離的終局，何必讓這樣的日子提前結束？多在一起一天，就多賺到一天。

「我們最終注定要分開。影校那些人知道你的真實身分後，也未必會想繼續和你往來。」百嘹不客氣地提醒。

封平瀾瞥了百嘹一眼，「我知道啦，百嘹你的嘴巴真的很壞耶。」他停頓了片刻，繼續開口，「因為這段回憶太美好，我捨不得就這樣結束。就算是這麼壞心的百喙，我也捨不得。捨不得到我選擇相信，只要活著，未來就可能有機會相見。」

語畢，封平瀾抓了抓臉頰，揚起招牌的憨傻笑容。

百喙冷眼看著封平瀾。

原本掛在臉上的殘虐笑容，消失無蹤。取而代之的是冷靜和無趣的表情。

無聊……

百喙翻了翻白眼。

一點都不有趣，搞得他都沒有欺負人的興致了。

「真無聊。」百喙撇了撇嘴，「簡直在浪費呼吸……」他轉過身，逕自邁步，沿著石徑前進。

封平瀾連忙跟在百喙的身後。

「百喙，你還想對我說什麼嗎？」

「沒有。」

「其實，聽到你說的那些話，我還滿高興的。」

百喙翻白眼，「你有病嗎？」

「百嘹平常很少和我聊天，我以為你應該對我不熟，沒想到你竟然這麼了解我……」封平瀾嘿嘿地笑了兩聲，笑聲裡明顯暗爽，「其實你很在意我，對吧？」

「若你說的在意，是類似發現自己長了腫瘤的那種在意，那麼的確如此。」

「如果我是你的腫瘤，那你覺得我應該長在哪裡？讓我選的話，我希望是長在胯下，這樣就可以認識很多美女，哈哈哈哈哈！」

「閉嘴！」百嘹停下腳步，轉過身，以嫌惡的目光瞪著封平瀾。

「怎麼了嗎？」

「我們用飛的過去。」

他原本不想為封平瀾施展飛行咒語，故意選擇步行，讓封平瀾感受疲憊的痛苦。但他發現，和這傢伙待在一起，痛苦的是他自己。

「喔？這麼好！」封平瀾驚喜。倒不是因為能夠輕鬆省力，而是能見識到百嘹的咒語和飛行方式。

百嘹施展咒語，金色的薄霧出現，圍繞在身旁。

「過來。」百嘹對著封平瀾下令。

「喔。」封平瀾退後了幾步，接著助跑衝向百嘹，撲抱，整個人像無尾熊一樣，掛在他身上。

「……你幹什麼？」

「你不是要帶著我飛行？」封平瀾反問，「不抓緊一點，我怕掉下去。」

「我的飛行方式和其他人不一樣。我是召開結界，站在結界裡就不會落下。」百嘹不耐煩地解釋。「跟在我身後，站在這光霧裡就行。」

「噢噢，好的。」封平瀾鬆開手，跳落，移到百嘹的後方。

百嘹揮動長指，金色的霧擴增，將兩人包圍。

一陣風吹過，金霧隨風而起，在空中飄動。

當霧旋起時，封平瀾的腳同時有離地的感覺。因為不必固定在別人身上，只要讓自己待在霧中便可，所以當他隨著霧來到空中時，覺得好像自己也會飛了似的。

「哇，這太酷了！」封平瀾驚呼不斷，看著金霧底下的景色，「天空步道和這個相比根本弱掉。」

百嘹聞言輕哼了聲，故意恐嚇道：「我不擅長照顧人，你最好謹慎點，可別讓自己死了。」

「好！放心，我會注意的！謝謝關心，百嘹真溫柔。」

百嘹用力翻白眼，決定閉嘴。因為無論他說了什麼毒言毒語，封平瀾總有辦法把它解讀為正向的良言佳句。

太無趣了。

「喔，對了，百嘹。」封平瀾叫喚。

「如果想上廁所就轉身直接解決。」

「不是啦，這個給你。」

百嘹轉頭，只見封平瀾手中放著顆太妃糖，向他遞來。

「你不用討好我。我不是為了你才使用咒語。」

「我沒有呀。」封平瀾笑著回答，「百嘹以前說過，我為大家做的這些事，都是在自我陶醉。所以給你糖吃，不是在討好你，而是在取悅我自己。」

百嘹挑了挑眉。沒想到這傢伙記得他說的話。

「快點讓我歡愉吧，百嘹。」封平瀾催促。「這是最後一顆喔！」

百嘹忍不住笑出聲，接下糖，將糖扔到嘴裡。

封平瀾笑了笑，把注意力放回地面上的景觀，繼續嘖嘖稱奇。

百嘹斜眼看了封平瀾一眼。

發生在識殿裡的情景，忽地浮現腦中。

當奎薩爾拿起樊遞上的刀時，那一刻，他的心揪了一下，因為他以為封平瀾真的會被殺。

他不喜歡封平瀾。

說實在，這傢伙是死是活他根本不在意，真的。

他只是不喜歡這傢伙死在他面前罷了。

僅是如此罷了。

幽界，臨海都城。

「有人先行動了。」璁瓏看著追蹤球開口，「看方向，似乎是決定直接前往霜松林。」

「可是，又沒有離很遠……」希茉小聲低喃。

雖然他們的默契是分散的話就直接在目的地集合，但這回彼此間的距離差異沒有來程時那麼大，況且，任務又已經結束，照理可以先會合，再一起行動。

奎薩爾盯著快速移動的光點，沉思。

他知道，這個快速移動的光點是冬犽。

想到剛才識殿裡冬犽反常的言行，奎薩爾眉頭深鎖。

他可以理解，當冬犽誤以為他要傷害封平瀾時的激動。但他不懂，為什麼冬犽的要求不是拒絕犧牲封平瀾，而是要親自動手。

由他動手的話，會有什麼差異？

還有，那身血汙，與那混沌的妖力……

分道揚鑣之後，冬犽究竟去見了什麼人？

由於已經有一組人馬率先行動，奎薩爾一行人便跟進，也朝著霜松林前行。

一路上，三人沉默不語。

約莫行進了三分之一路程時，璁瓏才以遲疑的語氣，畏怯地對著奎薩爾開口，「剛剛在識殿，我以為你會殺了封平瀾。」

「他還有存在的必要。」

「只是這樣而已嗎？」璁瓏再度發問，似乎不能接受這個回應。

奎薩爾看向璁瓏，看見對方眼中的擔憂與關切。

「封平瀾只是我們留在人界時的庇護。」奎薩爾淡然開口，「再怎麼不捨，終究得分離。」

「可是，如果人界已經不安全了呢？」

奎薩爾以冷淡的眼神看著璁瓏，等著對方繼續解釋。

過去，璁瓏出於對他的敬畏，向來唯命是從。但現在，璁瓏卻為了他人，有了和他爭辯的勇氣。

「我們來幽界時，降落到三皇子的宮殿裡。我們發現，他的宮城裡幾乎空了。僕人們都閒散地打混，武衛營裡也沒剩幾個兵卒。」璁瓏一邊說，一邊觀察著奎薩爾的表情，「因為，三皇子已經把他的軍隊送到人界，他要在人界建立他的帝國。」

奎薩爾的眼神閃過一絲詫異，但非常地淺。

事實上，他並不怎麼意外。

接了協會的賞金任務以來，他發現，三皇子帶來人界的妖魔比他預期的還多。如果只是為了搜尋雪勘的下落，並不需要這麼大費周章，必定是有另外的計畫。

「那與我們無關。」奎薩爾冷然回應。

「雪勘皇子應該不會放任三皇子這麼做，對吧？」璁瓏不安地繼續追問，「況且，三皇子還背叛了他，再怎麼樣，至少也要還以顏色……」

奎薩爾聽出璁瓏話語內真正關心的事。

他擔心，三皇子在人界，會對封平瀾不利。

「我不是雪勘皇子，我無法回答你。」

雖是這樣回答，但他想起這位小皇子過去的作為。

雪勘是個能全心專注在一件事上、完全不被外界影響的人。

他曾在雪勘面前斬殺一名刺客。附加著妖力的刀刃橫劃過刺客的頸子。精妙的劍法和飛快的劍速，讓刺客雖然頸部被斬斷，但身首卻未分離。直到趕來的侍衛移動刺客的屍體時，頭顱才掉落在地。

雪勘完全不在意刺客如何潛入他的皇宮，如何得知他的生活作息。

他只在意，奎薩爾使出的招式。

「要怎樣才能做到？」

「練習。」

「怎麼練習？」

「如果你能將掉落中的葉子切成兩片便成。」

「這麼簡單？」

奎薩爾對著屋裡的一株花朵揮劍，葉片掉落。

雪勘拾起葉子，輕輕一搓。一片葉子，分化為兩片，形狀完全沒缺損，只有厚度變薄。

「這樣切。」

接下來，雪勘整日待在林子裡練習。

他把所有的課都暫停，除了固定的上朝覲見，以及無法避開的王侯會面。其他時間，他都在練習，就連吃和睡也在林子裡。

兩個月後，雪勘拿著一片細如指頭的葉子給奎薩爾看。

「看著。」雪勘朝著葉片輕吹。葉子飛向空中，分為二片，緩緩落下。

雪勘皇子，是個會專注在目標上的人。

當他的目標明確時，他便會全心投入，不做多餘的事。他的每一個行動，都是為了達成他的目標。

此刻，雪勘皇子的目標是贏得王位戰爭，建立屬於他的帝國。復仇，對他的建國無益，只是浪費心力與時間。

如果三皇子已無意與雪勘爭位，那麼，雪勘很可能會無視這位兄長的存在，返回幽界，即使對方曾經背叛了他。

「如果雪勘皇子不打算插手發生在人界的事……」一旁的希茉囁嚅著，小小聲地提出請求，「那，可以把平瀾帶來幽界嗎……」

「我不是雪勘皇子。」奎薩爾給予一樣的回答。

他不是雪勘，他無法確定雪勘皇子最後如何決定。

即便心裡有底，但此刻，他不願去想。

走一步算一步。

多過一天，是一天。

Chapter8

天秤傾倒，朝著黑暗的一方筆直陷落

夜晚，花都華燈璀燦。

三皇子端坐在他的寶座上，看著東尉，臉色不佳。

「你打斷了我的休息。」三皇子冷笑著警告，「讓我特地趕回，希望你的情報有這價值。」

「萬分抱歉，」東尉恭敬地鞠了個躬，「有件急事必須向您報告，與您所在意的十二皇子有關。他的六名契妖再度出現在人界。」

「然後呢？」三皇子相當冷靜，甚至顯得有些不耐煩。

東尉挑眉。

看三皇子的反應，八成早就知道這消息了。

老狐狸，竟然故意瞞著他，八成是怕他勾搭上十二皇子那票人，反咬他一口吧。

「大約半年前開始，六名契妖受協會召喚師丹尼爾．梵納特管轄。但就我調查，丹尼爾與六名契妖合作的事，並未上呈中央，而是利用契妖，私下為自己做事。他們的行動主要是針對綠獅子，但三皇子您的手下也有不少人滅在他們手裡。亞可涅鄄輪的事件，便是他們所為。」

東尉看著三皇子，對方仍然沒有太大的反應。

好樣的，竟然連這也知道……

愚蠢的皇子，完全不知道自己的隱匿不報給他帶來多少麻煩和危機……

「只有這樣？」三皇子顯得不太滿意，「雪勘呢？」

「尚未有他的消息。」

三皇子冷哼，「看來你的調查還得多費點勁。」

「噢，皇子殿下，我花在這群人身上的時間和心力，絕對多得超過您的想像。」東尉意味深長地淺笑，「為了便於調查，可以請您多談談有關雪勘皇子的事嗎？」

「只是我的手下敗將，沒什麼好談的。」

「若是如此，」東尉笑了笑，「那您為何如此顧忌他？」

三皇子怒眼瞪向東尉。

在那一瞬間，他差點下咒折斷東尉的咽喉。但他的理智讓他壓下這衝動。離他達成目標的日子越近，他越需要東尉。

「雪勘是有那麼點能耐，但少了那六名契妖的話，根本不足為懼。」

「除此之外，還有什麼特別之處？」東尉繼續刺探，「是否有什麼異於常人的能力？另外，他是個怎樣的人？他的契妖對他而言，究竟重要到什麼程度？」

三皇子眉頭一皺，「你問的問題，與你的調查有什麼關聯？」他敏銳的直覺讓他起疑。

「雖然沒有直接關係，但我認為，瞭解得越多，更能掌握整個局面。」東尉坦然而面不改色地回答。

三皇子盯著東尉片刻，暫時相信對方沒有其他意圖，才不太情願地開口。

「他是皇族裡最小的皇子，經驗和妖力皆比不上其他兄弟。但他很努力，在用人這方面非常有眼光，也非常大膽。他的六名契妖，不是被放逐的棄民，就是被滅族的餘孽……」

雪勘任用那些卑賤的人，所以他們對他極為忠心。雪勘和他的手下在戰場上攻無不克，他們彼此信賴著對方，彼此之間有著極深的羈絆。十二個皇子裡，沒有人和自己的下屬之間有那樣的主從關係。

三皇子娓娓陳述。

他想起了希茉，原本屬於他的妖鳥。

想起了希茉在他的寢殿裡為他唱的歌。因為雪勘的出現，他再也聽不見那樣的歌聲。從此，希茉只為雪勘歌唱，為了戰鬥而歌唱。

多麼……暴殄天物。

東尉聞言，沉吟，「聽起來，他把他的臣下看得相當重要吶……」是與三皇子截然不同的人。

三皇子冷哼了聲，幽幽低語，「他終究是皇家的人……」

東尉不懂三皇子這句話是什麼意思，但他已經得到了他想要的資訊。

「雪勘有他個人的領導方式，他有他的能耐，就各方面而言，他都會是個非常傑出的君主，但是——」三皇子笑著，以森冷的語調警告，「他終究敗給了我。現在，坐在高位，與你談判、掌控你生死的人，不是雪勘，而是我。」

「我知道。」東尉恭順地回應。

他知道三皇子話語中的弦外之音。三皇子在警告他，別想變更合作伙伴，否則他會毫不猶豫地撕破臉，不擇手段地報復。

「除了這些事，你的『計畫』進行得如何？」

「非常順利，請您放心。」

「我聽銳蠦死了。」三皇子撐著頭，以好奇的語氣輕聲詢問，「為什麼每次我的手下和你會面以後，總是會有人離奇死亡呢，東大人？」

「殿下此言過重，我們綠獅子這方也死傷慘烈，西尉的手下愛將赫拉德與他的契妖前些日子也不幸犧牲。」東尉以極為惋惜的口吻感嘆，「如我方才所說，丹尼爾·梵納特一直利用六名契妖干擾我們的行動。銳蠦大人必定是和亞可涅號上的妖魔一樣，慘遭毒手。」他神色自若地說著顛倒是非的話語。

三皇子看著東尉。雖然心裡仍有些懷疑，但東尉所言聽起來相當合理，畢竟倀狟也回報在亞可涅郵輪上遇見了奎薩爾。

他的直覺告訴他，東尉對他有所隱瞞。但就整體局勢來看，東尉幫了他不少忙，承諾的事也都一一達成，看起來不像另有所圖的樣子。

「殿下還有什麼事想告訴我？」東尉恭謙地開口，不著痕跡地刺探，「如果我找到雪勘皇子，您希望我怎麼處置？」

三皇子陷入思考，沒有立即回答。

「您希望我殺了他嗎？」東尉輕聲詢問。

「不。」三皇子即刻否定，「他是我的宿敵，輪不到你動手。發現他的話，帶他來見我！」

東尉看著三皇子，片刻，笑了笑。「我明白了。看來我一直誤會了，我以為您搜索這位幼弟純然是出於顧忌、為了斬草除根，看來不是。」

三皇子瞪著東尉，冷笑著反問，「不然你以為是如何？」

「除了顧忌，您對他有著罪惡感。」東尉笑著回答，「當然，這只是我的揣測，您就當玩笑，聽聽就罷。」

三皇子沒有笑，以冷如冰的語氣下逐客令，「你該退下了。」

東尉對著三皇子行了禮，接著轉身離去。

侍立在鴆慈身後的老臣祿鰲嫌惡地開口，「東尉這傢伙，似乎越來越放肆了。」他以老者的智慧，提醒著皇子，「這不是好現象……」

這代表，他沒必要再那麼客氣地討好他們了。

「我知道，我也從未完全信任他。他的計畫有我們的人安插在其中，而且整體局勢也照著預期發展，所以暫時不用擔心他能對我們不利。」

祿鰲沉默，一時不知道該如何開口。

他認為東尉絕對背著他們策畫些什麼，但是對方又確實把三皇子交代的事辦成。雪勘皇子的契妖出現，他也立即呈報，證明了他完全不打算背叛三皇子這方，另謀合作對象。

正因為如此，反而讓他更感到憂慮。他確定對方有可疑，卻又完全摸不清對方的底細，連個大致方向也沒有。

如果不是為了謀權、謀利，那麼東尉謀的是什麼？

三皇子看出祿鰲的顧慮，「只是個人類，沒什麼好擔憂的。不是我們該防他，而是他該防我們。」他以陰狠的語氣，冷厲宣示，「協會垮臺之後，就輪到綠獅子的小公主了！」

義大利，奧拉特諾。

偏僻老舊的社區，平時罕有人至，特別是入夜之後，整個街區陷入黑暗之中，連附近的居民也不敢接近。

年代老舊的樓房，一如往常地沉浸在暗夜中。

然而，自日落後，便有不少訪客踏入這晦暗的街區，低調、有如影子一般，進入了其中一棟不起眼的老公寓裡。

五樓的大廳，金碧輝煌有如宮廷，與外表的陳舊荒蕪形成極端的對比。

大廳正前方，有個以白金打造而成的寶座，寶座的把手嵌著以松綠石刻成的獅頭雕像。

座中端坐一名嬌美的少女，正百無聊賴地看著前方。

寶座下，成群的人頂著阿諛阿諛的神色向她朝拜。

這些人是隸屬於綠獅子的不從者。她的跟隨者，她的信奉者，她的子民。

按照規矩，每隔一段時間，綠獅子中階以上的成員便必須前來聖殿覲見聖女，向聖女朝貢，並得到聖女的祝福。

高階的成員輪流走向座前，然後謙卑地跪下。接著，珂爾克伸出手，在對方額頭輕點一下。

手指點過之處泛起珍珠粉的光芒，數秒後便消失。得到恩澤的綠獅子成員歡天喜地，諂媚地連番稱謝，接著得意地退下。

這是只有最上階的成員才能擁有的恩澤，其餘的人只能瞻仰聖女，期待著自己有一天也能走上前去。

珂爾克不耐煩地看著眼前的人們，心裡只覺得厭煩。

一名年輕男子走上前，掛著自信的笑容，看了座中的珂爾克一眼，接著謙順地跪下。

好醜。

她討厭醜東西。

珂爾克在心中嫌棄，臉上沒有任何表情。她忍著厭惡，伸手在對方額頭也輕點了一下。

「感謝聖女恩賜。」男子起身，勾起一抹自認為最帥氣瀟灑的笑容，接著退下。

噁心……

珂爾克在心中嗤聲。

又醜，又愚蠢，又噁心。

看著這些向她朝拜的人，她覺得既厭惡又可笑。

她所做的，不過是將從妖魔那裡攝取來的能量，分出微乎其微的分量到對方身上而已。

但那些微的妖力灌注到人類身上時，對方會立刻感覺到自己全身的細胞都被活化，再度充滿力量。並且，既有的病痛，也能立刻得到顯著的改善，甚至直接被治癒。

笑死人，只因為這樣就稱她聖女，將她當作神膜拜？如果是在醫學落後的時代，她還能理解，但是現在都二十一世紀了，有不少技術和藥物也能達到同樣的功效，為什麼這些人還是把她當成神人看待？

一群白痴……

「聖女殿下。」站在一旁的西尉出聲提醒。

跪在珂爾克前方的人已經等了好一陣子了，非常擔憂自己得不到聖女的恩惠。

珂爾克不耐煩地往對方頭上點了一下，下方的人才千恩萬謝地叩頭離開。

人類都能飛上月球了，為什麼這票人還是一樣愚蠢。

愚蠢也會遺傳嗎？為什麼她覺得，自己的跟隨者，過了一百多年了，還是沒有任何進化。

是的，一百多年。

她坐上這個位置已經一百多年。在此之前，綠獅子的聖女是她的母親，一樣名叫珂爾克。

自綠獅子成立以來，一共有七名聖女，七個珂爾克。

第一名聖女，誕生於中世紀，位在義大利拉吉奧的貴族之家。

初代聖女出生後沒多久，被人發現擁有異於常人的能力。當她長大之後，便帶領著不願受制於協會的召喚師們，成立了「綠獅子」。

第一位珂爾克，被她的擁戴者稱為聖女，狂熱地守護、供奉她，直到她死去。

她的母親是第六任聖女，在生下她後沒多久便過世。她的母親留了三樣東西給她：珂爾克之名、代代相傳的能力、綠獅子。

看著面前的人，珂爾克非常懷疑，過去的六個珂爾克是怎麼忍受這些人、這些事？難道她們從不覺得厭煩？

從小，護廷四尉便守在她身邊，並教導她關於綠獅子的一切，回答她所有問題。但是有兩個問題，她用了各種方式，都得不到答案。

確實是各種方式。

「我的父親是誰？」

她曾拿著拆信刀，一邊戳入女子的眼睛，一邊詢問。

女子是前一任的西尉，她哀鳴，但無法反抗。最後她了結自己的生命，逃避了這個問題。

她發現，不只是他的父親，每一任聖女的父系資料，完全是被隱藏起來、避而不談的禁語。

「第一任珂爾克的母親是誰？」

她曾拿著炙熱的火箝，一邊烙燙著男子的胸口，一邊詢問。

她只被告知前六任聖女的事蹟，對於生下第一任聖女的那個女人，完全無人提起。這令她相當好奇。

「很抱歉，我無法告訴您。」

男子是新任的西尉，他忍著痛苦，跪在原地，維持著平靜的面容，以寵溺而呵護的眼神看著珂爾克。

珂爾克決定停手，因為她知道，再問下去，對方只會以死回應。

「西尉，你叫什麼名字？」

「埃耆尼。」

「你長得很好看，我喜歡好看的東西。」

「謝謝。」西尉起身，打算站回原本的位置。

「等一下。」珂爾克喚住對方。她看著西尉，心裡隱約有種特別的感覺、特別的情緒，但她不確定那是什麼樣的情感。

西尉回到她的面前。她踮起腳，伸出手，打算觸碰西尉的額頭。

但是小手在空中被西尉溫柔地握住，制止。

「我要醫治你。」

「我知道。」西尉微笑，接著恭敬跪下，「這樣才符合規矩。」

看著跪在自己面前的西尉，珂爾克心裡那隱約萌生的情感瞬間消失。她突然有種失望感，但她一樣不懂這失望的感覺從何而來。

她煩躁地伸出手，在西尉的額頭點了一下。西尉胸口的燙傷，以驚人的速度癒合復原。

「萬分感謝您的恩澤。」

此後，她不再發問。因為她知道，再問也得不到答案。

整個儀式結束時，已是凌晨。

珂爾克回到自己的寢殿，躺入鋪在地面上的柔軟毯氈裡。

「真無聊。」她隨手抱起一隻泰迪熊，那是東尉送給她的。「不能取消嗎？我討厭這個儀式。」

「恐怕無法。這是傳統。您的子民都非常渴望能見到您，您是他們生命的重心。」

珂爾克哼聲。她看著手中那穿著新郎禮服的泰迪熊，沉思了片刻，接著開口，「我以後也會結婚，生下新的聖女嗎？」

西尉愣了一下，但仍從容回答，「會的。但是，不會有婚禮。」

「為什麼？」

「這是傳統……」西尉苦笑，「但若是您想要穿婚紗，我可以幫您預備。您想要怎樣的禮服，要多少件，我都會送到您面前。」

「不用了。」一個人穿新娘禮服，太過悲哀了吧。

珂爾克看著手中的小熊，再度發問，「那，我會和什麼樣的人結合？」

「我不曉得，時候還沒有到，所以尚未有任何眉目。」

「我可以選東尉嗎？會是他嗎？」

西尉的臉色驟變，接著努力地維持笑容，回覆，「我很確定，不會是他。」

珂爾克失望地皺起眉，偏頭想了想。「那，會是你嗎？可以選你嗎？」如果是西尉的話，她還能接受。

西尉的臉上閃過了喜色，但他連忙謙卑而誠惶誠恐地開口。

「謝謝您的抬愛，但我沒有這個榮幸。和您結合的……人，不會是綠獅子的成員。」

「這樣呀……」珂爾克嘆了聲，對這話題不再有興趣。「東尉呢？他好一陣子沒來了。」

「他有他的任務。」

「叫他過來。」珂爾克任性地下令。

「我的服侍不夠好嗎？」

「他比你有趣。」

西尉露出了受傷的神色。他暗嘆一聲，但仍維持著恭敬冷靜的語調，向聖女陳述。

「東尉正在為您的計畫奔波，如果現在把他召來，恐怕會影響進度進行。現在是緊要關頭，我認為還是讓他專注於任務比較妥當。」

「說的也是。」珂爾克坐起身，抱起擱在地上的美麗人偶，轉身坐入一座精緻華美的娃娃屋前，開始玩下午茶遊戲。

「掌控世界之後，您打算做什麼呢？」西尉試著轉移話題，讓珂爾克情緒好一些。

「這個嘛……」珂爾克想了想，勾起微笑，「首先，我要炸掉協會本部。」

她伸出指頭，點了一下面前的娃娃屋。

華麗的小屋瞬間粉碎。

「然後，我要除掉所有的召喚師。」她握住人偶的頸子，隨手將之扔入一旁的壁爐裡。

「是的，我們會消滅所有隸屬於協會的召喚師。」西尉幫腔，「您會成為世界的女王，帶領著我們前進。」

「所有的召喚師！」

珂爾克瞥了西尉一眼。

對她而言，不管是協會的召喚師，還是綠獅子的召喚師，都是一樣的。

她希望這些人統統消失。

珂爾克仰首，看著華美的寢殿。從她有記憶以來，她就一直住在這裡。雖然她可以外出，但是只要外出，至少會有七個侍從跟著她、守護她。

說是守護，其實是怕她跑了吧……

「乾脆，把這裡也炸了。」

「珂爾克大人……」西尉聞言，面露為難之色。

「反正綠獅子裡的人，也只是在利用我。」這些人，表面上恭敬地侍奉她，把她當神一樣膜拜。事實上，只是把她當成獲得力量與權勢的工具。「你也一樣。」

「我是真心地在乎您本身，即便您不施任何恩澤給我，即便您現在就殺了我，我也無怨無悔。」西尉誠摯地說著。

「是嗎？」珂爾克不以為然。

她起身，來到雕工華麗的古董鏡檯前，把玩著璀璨的珠寶，不再與西尉對話。

西尉對她的情感和其她人不同。她知道，西尉是真心愛著她。

但是，再忠實的奴才，仍是奴才。她很清楚，如果今天她不是聖女，西尉便不會對她有這樣的執著和痴迷。

她想要的是能改變她的生命的騎士，而不是卑順地陪著她、待在牢籠裡的奴才。

珂爾克看向泰迪熊。

她很期待，期待東尉帶來的轉變。

如果她掌握了世界，她想要當公主，而不是女王。

她得到世界，為的不是權與利。

她只想要任性地、徹底地為所欲為。她要讓所有人都無法阻止她、利用她、干涉她。

她要整個世界，都是她的玩具箱！

距離開學還有五日，離假期結束還早，但考量到學生來自世界各地，宿舍已開放住宿生入住。

白理睿放下手機，看著那不曉得是第幾通被轉入語音信箱的電話號碼。

封平瀾出國了嗎？可是，他明明說過會留在學校附近的住屋裡……

白理睿特地提早返回宿舍，就是為了約封平瀾出來見面，想向封平瀾表明，他已知道學校的祕密，知道這個世界有另外一面，並坦承玖蛸的存在。

他希望封平瀾他們能夠放過玖蛸一馬。

他知道玖蛸的前主子和封平瀾他們有過節。而隨著玖蛸妖力的復原，對方遲早會發現他的存在。

他想要保護玖蛸。

「為什麼要這麼早回到這個小房間呢？老家的房子又大又舒服呀……一定是為了偷看女學生，所以提早回來……」玖蛸坐在書桌上，一邊吃著白理睿幫他切好的白桃，一邊抱怨。

「要看女孩子的話，電視裡不就有了，不然我也可以變身嘛……」

白理睿笑著伸手撫了撫玖蛸的紫色長髮，「我喜歡你原本的樣子。」

玖蛸看了白理睿一眼，「新主子的腦子果然有問題，挺噁心的，但是噁心得有點感人……」他口無遮攔地說出心中的想法。

白理睿笑了笑，他已經習慣玖蛸的話語。

他轉頭望向窗外。

雖是早晨，天空卻烏雲密布，彷彿即將要下雨，但是空氣裡毫無溼意。

「剛剛還是好天氣，怎麼一下子就轉陰了。」

「他一定是為了下雨天女子體操社的晨跑就會取消而感到惋惜。」玖蛸一邊說，一邊看向窗外，喃喃感嘆，「……變天了。」

這樣的天色他之前也看過，是在幽界。

當雪勘皇子大獲全勝，只差一步便能贏得王位，卻被三皇子背叛反撲的那一日，天空也是這個樣子。

這次，又是有誰要遭殃了呢？

黑色轎車緩緩駛入校門，穿過無人的校園，直接停在中央大樓前。

車門開啟，修長的人影步出車廂，另一個高大的身影跟隨在後。雖是訪客，但一路上無人攔阻，任由他們步入大樓之中。

丹尼爾一如往常地坐在自己的辦公室裡。他撐著頭，心不在焉地批閱公文。厚重的聖書，靜靜地擱在一旁的木檯上。

他遣走他的契妖已有四日。從那日起，他不再聽見任何神諭，也沒再接收到任何啟示。這樣的寧靜，讓他感覺到些許孤寂。

忽地，房門開啟。

丹尼爾抬起頭，看著進門的兩人。一名是有著東方臉孔的年輕男子，另一名則是前德利索家的契妖，瓦爾各。

「想來敝校就讀的話，請至教務處辦理入學申請。」丹尼爾笑道，「不曉得哪位是學生，哪位是家長？」

「挺幽默的。」東尉哼聲，「內閣監察委員會的人再一小時便會抵達。」

「你是特地來通知我，讓我有時間逃離嗎？」丹尼爾微笑，「以反派而言，你的售後服務不錯。」

「當然不是。」東尉順手拉了張椅子，坐入丹尼爾的桌子彼端，「我只是想趁這時間和你聊聊。」

「下次請先預約，我很忙的。」丹尼爾邊說邊站起身。

瓦爾各立即戒備地護在東尉身前，擺出戰鬥架勢。

丹尼爾瞥了瓦爾各一眼，輕笑，接著走向一旁的茶几，逕自拿起茶壺，泡起茶。「既然要聊，配個茶吧。」

東尉和瓦爾各盯著丹尼爾，看著他拿起印著外文的茶葉罐，打開，俐落地沖泡。接著將茶壺、茶杯放入托盤中，走回辦公桌。他在東尉面前放了兩個杯子，一一倒滿茶，最後才坐回座位。

整個過程中，東尉和瓦爾各都緊盯著丹尼爾，以防他趁機發動攻擊。

「不用那麼緊張。這裡是聖殿，我不會動武。」丹尼爾微笑著對面前的人開口，「這紅茶是英國進口，回甘不苦澀，早上喝非常提神。」

「你不喝？」東尉反問。

丹尼爾微笑，「我不需要提神。」他拉開抽屜，拿出一瓶酒，放到桌上。「我現在的處境，比較適合醉生夢死。」

東尉看著丹尼爾，對於他的從容感到讚賞。

「看來你已經知道自己的下場了。」東尉撐著頭，好奇地笑問，「既然如此，為什麼不逃？」

「逃得掉嗎？」丹尼爾直接扭開酒瓶，灌了一口，「況且，我若是離開的話，就無法見到你了。」

東尉挑眉看著丹尼爾，由衷開口，「……幸好協會裡像你這樣的人才不多，否則我辦事就沒那麼容易了。」

丹尼爾回以微笑，「但光是一個我，就夠讓你頭疼。」

東尉哼聲，不再客套，切入正題，「對於綠獅子的計畫，你知道了些什麼？」

丹尼爾苦笑，「說來慚愧，我所知非常有限。」直到前一陣子，他連自己在對付的敵人到底是誰也不確定。

「你為誰效力？你的主子是誰？」東尉問道。

丹尼爾勾起嘴角，伸出手，朝上指了指。

「很好笑。」東尉端起茶，啜了一口，「不錯。波普，記下這茶，回去幫我買。」

「好的。」

東尉悠閒地喝著茶，蹺起腳，調整了個輕鬆的姿勢，閒話家常般地開口。

「你知道嗎，其實很久以前，我們見過一面。」

「喔？」丹尼爾困惑地看著東尉，想不起自己曾在哪裡見過這張臉。

「那時候我還在闇行司的訓練所。」東尉笑著給出提示，「而你，則還在刑偵部工作。」

丹尼爾臉色微變，「你是編號749？」

東尉有些訝異。「都十五年前的事了，你竟然還記得我的編號？」

在訓練所裡，所有的見習滅魔師都戴著附有變聲咒語的黑色面具，並穿著遮掩身形的戰鬥服，為的是讓人無法從外貌推測出年齡和性別。

滅魔師的身世背景也全部是機密，在訓練所裡，一律以隨機分派的數字作為代號。

唯一透露出個人資訊的，只有烙在面具上的代號顏色。

紅色代表與上位的召喚師家族有關聯，並且至少有分家傳人等級的地位。藍色則代表和中、下位召喚師家族有關。中階召喚師因勢力較弱，通常沒有本家或分家的區分。大多數的見習生，是這兩個顏色。

但749的顏色是白色的。

白色代表出生於與中下階召喚師家族血緣關係是六等親以外的家庭之中。基本上，通常生在這樣家庭的人完全沒有操控咒語的能力。頂多只是知情者，與協會無緣。

「很少有那麼小的孩子出現在訓練所……」丹尼爾感慨，「很少有那麼年輕、又那麼傑出的見習滅魔師。」

那時，丹尼爾才二十三歲，當上了刑偵部有史以來最年輕的樞機委員，意氣風發，不可一世。

他在訓練所視察時，正好是見習生的實戰練習時間。所有的準滅魔師，被封在寬敞的結界室裡，與妖魔戰鬥。

他先是注意到，有個矮小的身影，動作比其他人靈俐許多。接著他才注意到，印在面具上的代號是白色的。

他向人打探，得知代號749是出於一個早已沒落的家族，已經數代沒有召喚師。他的父母也只是最外層知情者，僅僅知道一些有關協會的傳聞，知道這世界上有召喚師和妖魔的存在，但也從未見過，如此而已。

他本想更加了解這名見習生，但礙於規定，他無法探聽到更多。他很少見到這樣的人才，於是他特別在練習結束後，召來了代號749，親自勉勵對方。

「那時，你把我找過去，對我說，只要我願意，就能和其他人不同，不只當個滅魔師。

未來我有機會坐到你的位置，甚至超越你。」東尉笑了笑，「我還真的做到了呢。」

丹尼爾沉默不語。

「但沒想到，你竟然辭去了原本的高位，變成祭司，還當了校長。」東尉感嘆。

當年啟發他、肯定他的人，後來竟變成自毀前程的傻子。相較之下，是誰比較悲哀呀？

「而你，則是背叛了協會，成了綠獅子的一員。」

「是協會先背叛我的。」東尉冷哼，接著挑眉，隱約覺得丹尼爾的這句話有些不對勁。

「你說我是綠獅子的一員？」

「不是嗎？東尉大人。」

東尉眼中閃過一絲訝異。「只有這樣？」

「我說過了，我所知非常有限。」丹尼爾無奈一嘆。「我知道有人背著協會，和不從者、妖魔有所圖謀，但因為我已經不在權力中央，那些腦滿腸肥的傢伙根本沒人想理我說的話，於是我就自己派人調查。而協會對於影校學生的管控不像對召喚師那麼嚴格，所以我便利用幾個優秀的學生幫我做事。」

他一口氣說完，刻意把所有的責任都擔在自己身上，為了就是讓東尉認定，所有的行動都是他一手策畫，那些學生和契妖只是受他控制、聽命於他而已。

「就這樣？」東尉顯然不信。

「大致如此。其他事情我覺得沒必要告訴你。」丹尼爾看向時鐘，笑著提醒，「如果你想拷問我的話，最好動作快，委員會的人馬上就要到了。」

東尉盯著丹尼爾，沉默良久才開口，「你離職的時間點是十二年前的三月。為什麼選在那個時間辭職？」

「我領受到了神諭。」丹尼爾勾起促狹的笑容，指了指上方，「我的主子要我來這裡，我就來了。」

「那麼，你知道十二年前發生在那棟洋樓裡的事嗎？」

「按照紀錄，那裡原本住著一個狡猾的妖魔，厲害到足以躲過協會的偵查，直到十二年前才被巡行的滅魔師給消滅。但那名滅魔師，似乎也消滅了其他的東西……」

那天，他領受到啟示，派了管理員前往洋樓勘查。當管理員抵達時，裡頭已空無一人，屋子也被烙上了滅魔師的印記。

但是他發現，殘餘在屋裡的妖氣不只一種，而且比原屋主強大許多，更有六名妖魔被化成了石像，封印在裡頭。

「就這樣？」東尉再度質疑。

「大致這樣。」丹尼爾露出無辜的笑容，給出了一樣的答案。「看你的反應，你似乎就是那名滅魔師。你想告訴我那夜發生了什麼事嗎？」

「不了。」他不想提起那一晚發生的事，不想再回憶自己犯下的錯誤。「那麼，關於你的學生封平瀾，你知道些什麼？」

「我知道他出生於南方小鎮。他的父母和兄長住在國外，將他交由遠房的姑母照顧。他原本申請日校的特晉生，但後來與洋樓裡的妖魔締了契，我便讓他進入影校就讀，為我做事。」丹尼爾精簡地概述了自己所知。

「就這樣？──算了。」東尉放棄追問。他知道，即使再問，丹尼爾一定又會給他一樣的回答。

丹尼爾停頓了一下，「對了，我還知道，他的兄長是個混帳。導師打去的電話和寄出的通知從來不接也不回應。就連上學期涉及到退宿與記過的事，對方也只是透過簡訊，留了一句『全權交由校方處理』。」

東尉冷哼，「或許是因為對方有更重要的事要忙。」

丹尼爾盯著東尉，忽地腦中靈光一閃，「……你是他的哥哥？」

「幸會。舍弟給您添麻煩了。」

「為什麼……」丹尼爾不可置信。他看著東尉片刻，接著啜了口酒。「我想你不會告訴我的。」

「你腦子很靈光。我必須再次慶幸，協會沒幾個人和你一樣。」

「這對我來說，算是不幸吧。」

東尉輕笑，接著惋惜一嘆，「說實在，見到你之後，我挺失望的。我本來以為躲在幕後的，是多麼強大的敵手，沒想到竟然只是個宗教狂……」

「不要小看我服侍的主子吶。」丹尼爾笑呵呵地回應。

「若是你的主子真實存在，為什麼祂會讓你落入這樣的處境，不出手幫你呢？」東尉笑著反問。

若是那至上的神祇真實存在——

為什麼，那時候不出手幫他？

「或許祂已經幫了，只是我自己搞砸。」丹尼爾苦笑，「又或許，按照祂的計畫，事情本來就該這樣發展。」

是生是死，是興是滅，全是一體兩面，全部掌握在至高者的手裡。

以他有限的智慧，在終焉之時發生以前，無法看透、無法了解至上神的作為。

東尉看了看時鐘，「時間差不多了。」他站起身，伸了伸懶腰，「在監察委員那些老傢伙到達以前，陪我玩玩吧。」

他雙手一翻，數枚長釘出現在指間。

這場會面讓他大失所望，他只好自己找點樂子，讓這趟行程稍微值回點票價。

「拔劍吧。」東尉開口，「召出你的契妖，讓我見識號稱刑偵部之劍的丹尼爾・梵納特，究竟有什麼能耐。」

丹尼爾看著氣勢逼人的東尉，悠悠開口，「我不能拔劍。」

「別和我說什麼聖殿裡不能動武這種鬼話。」

「我的劍早已拔出，在你面前。」丹尼爾指了指身後的牆，牆上掛著細長的銀白十字架。「我把它融了，重新鑄造。至於我的契妖，他們已經被我解雇，幾天前就離開了。」

東尉瞪大了眼，他沒料到丹尼爾會把契妖支開，分開行動。

重點是，他利用中央文教部的資源監視丹尼爾的一舉一動，卻完全沒有收到這個消息！

「看來你對官僚體系不太了解，並不是發生在地方的所有事務，都會向中央承報。特別是像我這種在協會裡臭名昭彰、處處樹敵的人。」丹尼爾笑得像狐狸一般，「你太嫩了，我可是在這骯髒腐敗的機構裡待了二十年吶。」

東尉瞪著丹尼爾，勾起了難看的笑容，「你以為你占了上風，但只憑幾隻契妖，能做些什麼？別忘了，我是滅魔師。」

「的確。」丹尼爾輕嘆一聲，無力地靠向椅背，「那麼，現在你要殺了我嗎？」

「當然不。」東尉燦笑，「我會讓你在陰暗汙穢的牢獄中，欣賞我接下來的作為，品嘗無能為力的挫敗感。」

「你的興趣真的很糟糕，和平瀾那好孩子完全不同……」

「他確實是好孩子，但你從未認識他。」東尉收回磔釘，看了丹尼爾一眼，再次露出失望的神情，「我要走了。」

「不送。再會。」

「不會再見面的。」東尉哼聲，轉身準備離開。

走向門扉時，他的目光被放置在一旁木檯上的古老書籍吸引。

東尉走向檯前，看見書本後，發出了輕蔑的笑聲。

「你主子的興趣比我更糟。」他伸手，隨意地翻了翻那發黃的手抄本，「至少，我不會給人希望之後，又把希望捏碎。」語畢，領著瓦爾各，傲然離去。

丹尼爾坐在椅中，無力地長嘆。

他覺得很累。因為他看不見希望。

過沒多久，汽車的引擎聲從窗外傳來。片刻，雜沓的腳步聲在走道上響起，朝著丹尼爾的辦公室逼近。

「丹尼爾．梵納特。我們是內閣監察委員會的人。」數名穿著黑衣、領著契妖的召喚師步入房中，凜聲開口，「我們接到通報，掌握你與不從者勾結的證據，請你和我們前往協會，協助我們偵查。」

丹尼爾順從地起身，舉起手，任憑對方在他手上銬上封印能力的咒枷。接著在對方的挾持下，步出辦公室。

在經過木檯時，他下意識地轉過頭，看著那方才被東尉翻過的書頁。

頁面上的文字密集如蟻，但這些字句中，有一行字格外搶眼，映入了他的眼裡。

伸冤在我，我必報應。

丹尼爾揚眉，笑出聲。

是的。他的主上。

他等著看。

Chapter9

被隱藏的祕密被掀開，露出第一層的真相

開學前一日。

海棠站在洋樓外，雙手緊抓著外門的鐵欄杆，憤怒地盯著屋子。

「封平瀾……你好樣的……」海棠咬牙切齒地搖動鐵杆，接著伸腳踹門。

門上泛起了細微的咒波，海棠連忙退後。

兩天前，他迫不及待地趕搭紅眼班機折返。本來預期封平瀾在見到他提早回歸時，會開心地用那吵死人的笑聲迎接他、對他噓寒問暖。誰知道，回來時屋子一片黑，裡頭沒人。

他略微掃興，但後來想想，之後他可以拿這件事數落封平瀾、笑他動作慢，心情便也沒那麼糟。

但是他沒想到，屋子的門鎖換了，整棟建築的外圍還被上了一層強大堅實的結界，使任何人都無法進屋。

「或許是因為平瀾少爺出遠門，所以設下這樣的防禦。」曇華安撫，「雖然平瀾少爺說他會留在這裡，但說不定他的家族臨時把他叫回。家族的命令有時候來得又快又硬，接令者也只能順從地配合。」

海棠想到自己老家的情況，因此接受了這番說詞。他只好離開，先找間旅館投宿。

他每天都會過來洋樓看一下，但每次都撲空。今天已經是開學前一日了，他按了半天的門鈴，仍然沒人來開門！

他早已放棄打電話給封平瀾，再怎麼打都是轉接到語音信箱，他已經對電話彼端那個女人的聲音感到厭煩。

「為什麼要這樣對我！」海棠憤恨不已，「我做錯了什麼嗎？混帳東西！我每個月都繳了高於市價的房租，放在冰箱裡的食物經常被偷吃我也不在意，這些傢伙憑什麼不滿！」他怒吼，接著突然皺起眉，「寒假這個月的房租我沒繳，難道是因為這樣？」

「平瀾少爺不是那樣的人……」曇華苦笑著提醒。

她抬頭看著眼前的屋子。即便只是站在外圍，她也能感受到圍繞著屋子的結界所散發出的能量。

莫名地，這個結界給她一種不舒服的感覺，讓她想遠離此地。

海棠也抬頭看著樓房，看向三樓封平瀾房間的位置，不由露出擔憂的神色。

那傢伙……該不會出了什麼意外吧？

海棠立刻甩開了這個念頭。

擁有六個如此強大的契妖，怎麼可能出事？他根本不用擔心——

他媽的！為什麼他得擔心這小子？沒事的話，為什麼不回來！為什麼連個消息也沒有？

是故意冷落他，不想理他嗎？不，不對，伊凡那小子也沒有封平瀾的消息，他並沒有被針對。不過，那是初五的事，說不定……

他媽的！為什麼他要煩惱這些事！

海棠的表情隨著思緒不斷變化，一下皺眉，一下放鬆，一下咬牙，一下嘆息。

「嘻嘻……」

陰沉的笑聲從後方傳來。海棠轉頭，只見一個肥腫的身影，站在道路旁的陰影中，陰森森地望著他。

「宗蝛？」海棠詫異。「你怎麼在這裡？」

「來找人……」宗蝛似笑非笑地看著海棠。

海棠瞪著宗蝛，「你來這裡多久了？」

「幾分鐘而已，本來想直接離開的，但是……」宗蝛嗤嗤低笑，「你的臉一直抽搐，看起來像是顏面神經失調，所以就留下來多看了一會兒，嘿嘿嘿……」

「臭胖子笑個屁！」他真的無法和這陰陽怪氣的傢伙好好相處！封平瀾和其他人是怎麼辦到的？怎麼能忍受他？

宗蝛瞥了海棠一眼，接著抬頭看向屋子。

「你進不去？」

「我能進屋的話早就進去了，何必留在這裡和你說話折磨自己！」

「他們終於受不了你了呀。」宗蜮露出不意外的表情。

「你的存在才讓人難以忍受！」

「海棠少爺。」曇華搖了搖頭，對於海棠粗魯的言語不予苟同。「別用這種口氣和朋友說話……」

「少囉嗦！」海棠斥聲，但曇華的提醒讓他稍微收斂了些。畢竟，他也有些事想要詢問宗蜮。「喂，你來之前不知道他人不在家？」

宗蜮挑眉，白了海棠一眼，「知道的話就不會過來，留在這裡和你說話折磨自己了吧……」

海棠忍下怒意，「所以，你也聯絡不上他？你也是從郵輪任務結束後就沒他的消息嗎？」

宗蜮點點頭。他抬頭，再度看了樓房一眼，微微地蹙了下眉。接著，決定走人。

雖然身形臃腫，但宗蜮的動作非常靈活，才一轉身，便移動到了好幾公尺之外。

「喂！等等！」海棠立刻追上，跟在對方的身後，往山下走去。

當海棠和宗蜮走遠之後，洋樓面對著前院的落地窗裡，出現了道人影。

「走了。」瓦爾各對著坐在沙發上的東尉報告。「需要追蹤嗎？」

「不必。」東尉一邊翻著手中的資料，一邊回應，「主謀的丹尼爾已經被捕，這些學生也沒什麼搞頭了。」

「雖是學生，但每個人的家世背景都非常可觀，能力也相當傑出。」瓦爾各看過了那幾個學生的資料。每一個學生身後的家族，都是他的前主子德利索家亟欲拉攏、並敬畏三分的對象。

魏家、宗家、蘇家、梵納特家，還有奧赫尼考夫的米海爾維奇家族，除了那來路不明的封平瀾以外，每個人都出自顯赫的氏族。

他不得不佩服，丹尼爾能讓這些性格迥異又難搞的孩子團結在一起，為自己效力。

瓦爾各不知道，這些學生之所以結伴行動，並不是理事長召聚了他們，更不是因為對丹尼爾臣服。

「就是因為來頭不小，所以不用擔心，他們的家族不會放任他們為一名罪臣做蠢事的。」東尉輕笑，「況且，丹尼爾連自己的姪女都留下了，可見那群學生只是盲目聽令的棋子，並沒有那麼重要。」

腳步聲從走廊傳來，東尉放下手中的資料，望向聲源。

只見清原一身西裝筆挺地走來。合身的手工訂製西裝突顯他身形上的優勢，整個人顯得挺拔俊逸。但那面無表情、雙眼空洞的面容，讓他看起來像個人偶，使人望而生畏。

清原走過來，靜靜地站在東尉面前。

東尉滿意地打量著對方，接著起身，伸手幫對方調整領帶。

「非常完美。」東尉看著自己的傑作，「曦舫的新任理事長，明天開學，給那些學生們來點驚喜吧。」

海棠跟著宗蜮一路下山，一邊不斷地向宗蜮丟出問題。

「你最後一次接到他的訊息是什麼時候？」

「他有傳拜年簡訊、或寄賀年卡給你嗎？」

「為什麼突然過來找他？是關心嗎？還是，你知道了些什麼？」

宗蜮被問題連番轟炸，臉色越來越臭。他非常後悔，自己為什麼要留下來嘲弄海棠，為什麼不直接默默離開。

「喂！」見宗蜮不回答，海棠有些惱怒。

宗蜮翻了翻白眼，停下腳步，望向海棠。他冷眼瞪著對方，料想海棠可能會動粗，他打算直接和這少爺槓上。

任性的少爺，別以為每個人都吃他這套……

但海棠只是再次丟出一個問題。

「為什麼你要用走的，不叫車？你的……」海棠看著宗蜮，臉上浮現了些許靦腆，但仍以傲慢的語氣開口，「你的『那個』，不是在郵輪上壞了？已經修好了嗎？」

他不知道該如何稱呼宗蜮身上披的那具東西，但他確定，就算對方只是把契妖當成鎧甲，鎧甲受了那樣嚴重的破壞，裡頭的人想必也不會完全沒事。

宗蜮挑眉，沒想到海棠會問他這個。

「……修好了，所以穿戴上之後必須多活動，找回手感……」宗蜮陰沉地回答。

「喔。」

對話中斷，頓時讓氣氛變得有點尷尬。

「那你接下來要去哪裡？走回宿舍？」海棠再次開口提問。

「……不，我要去封平瀾的老家。」

宗蜮不曉得自己為什麼要老實回答，這會帶給他麻煩，但他意識到時，已經來不及收口了。

「是嗎？」海棠眼睛一亮，「我和你一起去！」

「……我不是很想和你一起行動。」果然，他就知道海棠會這麼要求。

「你沒有其他選擇，我會一直跟著你。況且，」海棠伸手拍了拍宗蜮肥厚的手臂，「既然還在復健，就代表還沒完全復原。我和你一起去，遇到突發狀況時可以幫你。」

宗蜮的眉頭深深皺起。他想直接拒絕，但海棠的態度相當堅持，以海棠的能耐，他知道對方沒那麼容易打發。

而他此刻的狀況，確實還沒有完全恢復。若屆時遇到高階妖魔，他恐怕無法全身而退。

宗蜮遲疑了片刻，嘆了口氣。

「隨你……」

他任憑海棠跟著他，前往車站，買車票前往南方。

宗蜮坐入靠窗的座位，海棠也在他身旁的位置坐下。曇華則是坐在他們的後方空位。

這讓宗蜮再次皺起眉，他以為海棠會和曇華坐在一起。

高速列車出發。沒多久，海棠便繼續騷擾宗蜮。

「喂，你怎麼知道封平瀾的老家在哪裡？」海棠好奇地詢問，「他告訴你的？」

他和封平瀾住在一起半年，連他都不知道封平瀾的老家位置，宗蜮卻知道。這讓他有點不是滋味。

「……我在日校的班上是輔導股長，學生資料卡是我收的。」

海棠愣了愣，「你們班的人還真有勇氣。」讓這種人當輔導股長，是那麼想幫精神科醫院拚業績嗎……

宗蜮沒有理會。

海棠安靜了片刻，又再度開口。

「喂。」

宗蜮靠著車窗，翻了個白眼。

「你的『那個』，算是契妖嗎？」

「……是。」

「你戴著『那個』時，會有感覺嗎？」

「有。」

「受傷的時候會痛嗎？」

「會。」

「噢……」海棠有些訝異，「那麼，你在郵輪上被捅那一刀，一定痛得要死。」

宗蜮冷哼，「總比砍在自己身上好。」

「那，會說話嗎？」

「……你覺得我剛才是用心電感應和你溝通？」宗蜮冷笑，「早就聽說過你腦子不好，沒想到傳聞有誤。你不是腦子不好，而是根本沒腦。」

海棠勃然。「我哪有那麼白痴！我問的是你操控的契妖！」看不起人也要有個限度！「你能和這個東西對話嗎？」

「……不能。」

海棠的問題讓宗蜮開始覺得煩躁。

他不喜歡有人把他的妖甲看得和一般契妖一樣。他擁有的是更有效率、更完美、更好操控的戰鬥「工具」，而不是能為他戰鬥的「對象」。

「你不會想和『他』說話？」

「……為什麼要和他說話？契妖說話，然後呢？對他產生愚蠢的情感？像你一樣？」宗蜮惱然，勾起陰森的笑容嘲諷，「契妖只是工具般的存在，對工具產生情感，真令我感到噁心……」

海棠聞言，露出了惱怒的表情，「你這陰陽怪氣的死胖子，你的存在才令人作嘔！」接著便轉過頭，不再看宗蜮，也不再開口。

宗蜮本來以為海棠會說出更惡劣的話、做出更粗暴的事來反擊。

然而，海棠這樣的態度反而讓他感覺到懊惱。

因為這讓他想到了一個人。

那個人也和海棠一樣，毫無愧色地面對自己的情感。然後，接二連三地觸犯各種禁忌，一次又一次將自己推向更加可悲的境地……

一路上，兩個人不再對話。

數小時後，宗蜮和海棠來到了位於南方的城鎮。下了高速列車，搭了半小時的計程車，又走了一小段路，他們找到了封平瀾的住所。

那是一棟位於偏僻鄉間的老舊獨棟建築，附近沒有其他房子。

房屋的外表相當老舊，紅色的鐵大門油漆斑駁，屋前也長滿了雜草。

「你確定是這裡？」海棠看著這荒涼的屋子，不相信有人住在裡面。

更何況，能操控六名契妖的封平瀾，想必是出自於某個世家望族，怎麼可能會住在這種破爛的屋子裡？

「資料上寫的地址是這裡沒錯。」宗蜮看著屋子，也心生疑惑，「裡面住的是封平瀾的遠房姑媽，她是他的監護人。」

宗蜮伸手，按下那積了一層厚灰的門鈴。

門鈴聲在屋子裡迴響。接著，他們聽見一道腳步聲，從屋裡逐漸靠近門口。

暗紅色的鐵門從裡側被推開，出來應門的是一位六十來歲、看起來相當親切的老婦人。

「請問，有什麼事？」老婦微笑著詢問。

「那個……封平瀾在嗎？」海棠開口，「我們是他的同學。」

「他不在唷。」老婦答完便準備關上大門。

「他去哪裡了？」海棠趕緊繼續追問。

「非常抱歉，你問的問題，我不是很清楚，也無法回答。我有很多事要忙……」

「妳不是他的親人嗎？怎麼會不知道！」海棠的語氣有些激動，「那麼，有什麼方式可以聯絡他？明天就要開學了，他到現在還沒回到住處，而且完全沒有消息。」

面對海棠的疑問，老婦仍然微笑，「非常抱歉，你問的問題我不清楚，也無法回答。我有很多事要忙。若是有消息，我會盡快通知你的。」接著又準備關門退回屋裡。

「等一下——」

一直在一旁沉默不語、緊盯著老婦的宗蜮，忽地伸出手，拽住對方的頭髮，用力往外拖甩。

老婦人重重地摔倒在地。

宗蜮的舉動讓海棠和曇華驚愕不已。「宗蜮！」

這傢伙怎麼比他還反社會?!

但宗蜮的動作還沒完。他迅速地抽出咒鏢，猛地一揮，直接往老婦人的咽喉刺下。殷紅的血液瞬間噴出。

「你——你幹嘛殺人啊?!」

「看清楚點，這根本不是人……」宗蜮側過身，讓海棠看清楚地上的東西。

老婦人的臉上仍掛著笑容，被切斷的頸子切口處沒有肌肉組織，只有一層殼，就像一個做成人形的容器。

「這……到底是什麼東西？」

宗蜮陰冷地低語，「這是宗氏一族的傀儡。」

他知道，能做出這種東西的，只有一個人——

蜃煬。

「為什麼會在這裡？為什麼封平瀾的姑媽會變成這種東西？」

宗蜮無法回答。

現在，只有等封平瀾出現，他們才會知道答案。

原想一探究竟，卻發現了更多祕密，讓他們對封平瀾產生了更多的疑問。

明天就是開學日，失聯已久的封平瀾，是否會出現？

他們沒有把握。

幽界，霜松林。

從樹幹到葉片全是白色的高聳樹木，長滿了整片林子，沒有參雜其他樹種，使得整座山看起來像是被雪覆蓋。

白色的山林間，有一處山坳。山坳裡，五道人影聚集。

「平瀾沒和你們一起？」看著比他們晚到一些的奎薩爾，冬犽詫異地問道。

「看來他和百嘹在一起。」璁瓏回應。

「倒楣的傢伙。」墨里斯輕哼。

冬犽皺眉，露出了擔憂的神色。

早知道，他應該選擇先和其他人會合……

感覺有兩道視線射向自己，冬犽抬頭，發現奎薩爾正看著他。

冬犽回望著奎薩爾。他知道，奎薩爾必定對他充滿疑問。他不想回答，但也不想說謊，只能沉默。

奎薩爾看了冬犽片刻，便移開視線，什麼話也沒說。

他知道，冬犽若不願主動開口，便不會開口。多問，只會讓對方為難，只會得到謊言。

過了一小時左右，百嘹和封平瀾才姍姍來遲，在一團金霧的包圍中緩緩降落。

封平瀾一踩上地面，冬犽便立刻衝上前，仔細地打量關切。

「你還好嗎？有沒有哪裡不舒服？哪裡會痛？」

「我很好啊，怎麼了嗎？我看起來像是哪裡壞掉的樣子嗎？」封平瀾笑著反問。

輕笑聲從一旁響起。冬犽抬頭，只見百嘹笑望著自己。

「放心，我沒對他出手……」百嘹走向冬犽，在他耳邊低語，「雖然毀了他會讓你憤怒，但更有可能讓你離開我。所以我寧可留著他，時不時地惹你生氣。」

百嘹的話語，換得了冬犽一記怒瞪。

冬犽雖對百喙不滿，但對方終究是帶著封平瀾平安地與他們會合。

「謝謝你照顧平瀾……」他低聲道謝。

「想謝我的話，就老實地交代你離開後的行程。」

冬犽苦笑，「恕難從命。」

妖魔們在林子間搜尋了一會兒，找到了一棵根部發黑的樹。

奎薩爾仰首，對著上方的空中施展咒語，隱藏在頂部樹梢間的次元通道，隨之現形。

妖魔們一一躍起，進入通道之中。

「走吧。」冬犽牽起封平瀾，露出溫柔的笑容。「我帶你上去。」

「你真的沒事嗎，冬犽？」封平瀾看著冬犽，擔憂地問道。

「放心。」冬犽沒有直接給予答案，只是微笑，接著喚起風，領著封平瀾進入通道。

當一行人穿越通道時，迎接他們的是深沉的黑夜。

封平瀾左右張望，確定其他人都在，並且降落在正確的地點，便鬆了口氣。

「看來這次的降落非常成功吶。」

「本來就該這樣。」璁瓏低喃抱怨，「之前那樣子才是反常的。」

封平瀾吸了口氣，熟悉的氣味盈滿他的鼻腔。

回來了，真好。

一行人下山朝著洋樓走去。封平瀾拿出手機，連上網路，當他看見時間和日期時，不由驚呼出聲。

「啊！再過七個小時就要開學了！」他們回來的還真是及時啊！

他點開通知，再次驚呼。

「三百通未接來電?!一百封訊息?!」

「你還真受歡迎。」墨里斯調侃。

「呃，多半是海棠打來的……」

「那小子還真煩人。」

「八成是打來向你借作業。」璁瓏開口。

這個推測得到了眾人一致認同。

隨著前進的腳步，洋樓出現在眼前。

「為什麼燈是亮著的？」

「應該是海棠回去了吧，看來他真的很急著抄作業。」封平瀾一馬當先地衝向前，打開後院的門步入。

他踏著輕快的腳步，來到了亮著燈的客廳，笑著開口，「海棠，和你說一個壞消息，我的作業也——」

然而，當他看見坐在沙發上的人時，話語驟斷，整個人不可置信地僵立在原地。

沙發中的人抬起頭，看向封平瀾，勾起淺笑，「好久不見了。」

「靖、靖嵐哥？」封平瀾以為自己看到幻覺，「為什麼你會在這裡？你是來看我的嗎？」

太久沒見到兄長，過度的欣喜讓封平瀾失去了原有的判斷力和觀察力。

他完全沒想過，封靖嵐是如何進屋的。更完全沒察覺，封靖嵐面前的茶几上，擺著一個烙滿符文的咒具。

腳步聲響起，進屋的其他房客們也來到了客廳。

當他們看見屋裡的人時，表情瞬間轉變。

封平瀾轉過頭，正高興地想要向契妖們介紹他最引以為傲的兄長時，一道黑影閃過。

奎薩爾手持雙劍，有如閃電一般，朝著坐在沙發中的封靖嵐劈砍而下。

封平瀾瞪大了眼，對於眼前的發展感到驚愕不已。

但是，更令他驚訝的是，他的哥哥封靖嵐悠哉地坐在椅中，只靠著手中的兩根長釘，便打落了奎薩爾的劍擊。

這是……怎麼回事？

不只是奎薩爾，其他契妖也紛紛抽出武器，發動了攻擊。

墨里斯揮爪、百嘹甩動長鞭、璁瓏召出水箭、希茉揚起音戟，所有的攻擊，都朝著封靖嵐集中火力發動。

每個人的臉上，都帶著強烈的恨意。

封平瀾從沒看過這些契妖露出這樣的表情。

冬犽一把將封平瀾拉到一旁，召起風壁護住他。

「小心，平瀾！這傢伙不好對付……」

就連溫柔的冬犽，此時臉上也毫無笑意，被濃烈的憎恨取代。

這是……怎麼回事？

封靖嵐一派輕鬆，一一擋下了所有的妖咒攻擊，看起來完全不費吹灰之力。

「為什麼……你們要攻擊他？」

「他，就是十二年前封印我們的滅魔師。」冬犽察覺到封平瀾聲音裡的異狀，低下頭，發現封平瀾臉色發白，身子也微微地發抖。「你受傷了？」

「沒有……」封平瀾嚥了口口水，萬般艱難地啟齒，「那個人，他是我哥哥……」

眾妖聽見封平瀾的話語，震愕不已。他們停下了攻擊，回首望著封平瀾。

「你說什麼？」

「他是你哥哥？」

「你哥哥是滅魔師？」

「你……從一開始就知情嗎？」

面對眾人的問題，封平瀾不知道該如何回答，他的腦中一片空白，完全沒辦法運轉，只能重複著同一句話。

「我不知道……真的不知道……」

他看著奎薩爾，對方望著他的眼神變得相當複雜。

他真的不知道，不知道這是怎麼回事……

請相信他！

封平瀾將視線轉向封靖嵐。他努力地壓下慌亂，企圖冷靜開口，企圖掌握局面。

「靖嵐哥……這是怎麼回事？」但是，他的聲音明顯地在顫抖。

「你覺得你有發問的權利？」

「我……」

封靖嵐嘆了口氣，站起身，走向封平瀾。

冬犽一個箭步護在封平瀾前方，嚴密的風壁發出刺耳的聲響。

但封靖嵐輕輕揮手，能將人撕成碎片的風壁，瞬間崩碎、消失。

「你又交了壞朋友。」封靖嵐看著封平瀾，無奈地搖頭，「就是非得給我找麻煩，是嗎？」

封平瀾看著封靖嵐，不敢回應，他的臉上充滿了懼意。

封靖嵐轉過頭，看向其他契妖，諷笑著開口，「你們和這傢伙背著我，做了不少豐功偉業吶。沒想到，皇族的將領竟然成為協會的走狗，真是太讓我吃驚了。」

妖魔們怨恨地瞪著封靖嵐，蠢蠢欲動著想發動攻擊，但又顧慮到封平瀾的存在而不敢妄動。

況且，封靖嵐是滅魔師，難道不也是協會的走狗？為什麼說得好像自己與協會是不同陣營？

這到底是什麼情況？

封靖嵐嘆了口氣，「我有很多問題想問。」他望向眾妖，勾起殘酷的笑容，「不過，問話只要留一個活口就夠了。」

他抽出長釘，朝著眾妖射出。

妖魔們躍起避開長釘，但他們立刻發現，長釘的目標不是他們，而是早已布在屋子裡的結界。

釘子觸動結界的那一刻，地面浮現出巨大的幽藍色法陣。

處在法陣範圍中的妖魔們，像是被雷電擊中一般，發出痛苦的悲鳴，完全無法反擊，連握住武器的力量也沒有，光是站著都相當吃力。

封平瀾看著痛苦不已的妖魔們，立刻抓住封靖嵐的手試圖制止，「靖嵐哥，不要！」

封靖嵐一把將他的手甩開，以冷漠而厭惡的眼神瞪著他。

封平瀾看了好幾年、非常熟悉的那個眼神。

正當他不知所措時，窗戶傳來一陣破裂聲。一團黑色的物體隨即飛入，降落在窗邊。

那是一隻有著血紅雙眼的烏鴉。

烏鴉振翅，瞬間化成人形。

穿著廉價襯衫和長褲，頂著一頭灰髮的人影，悠閒地從口袋中取出墨鏡戴上，接著才轉向眾人。

封平瀾立刻認出對方，「管理員？」

封靖嵐望著這不速之客，射出了一記符咒作為問候。

管理員閃開，不屑地哼了聲。

封靖嵐吟誦咒語。法陣的面積擴大，覆蓋了管裡員所站的地面。

管理員皺眉，接著冷笑，「不好意思，這種程度的咒語，對我沒什麼作用。」他猛地甩手，一根黑色羽毛射向茶几上的咒具。

咒具應聲破裂，張在地面上的法陣同時消失。

隨即，管理員射出一張符，符令在空中撕開了一道空間入口。

「快走！」他對著妖魔下令。

眾妖強忍疼痛，猶豫地看向封平瀾。

要帶他走嗎？他會一起走嗎？

封靖嵐抽出咒釘，再次發動攻擊，同時張起另一道結界。

「媽的，你們是智障嗎?!那小子暫時不會有事，你們不走的話立刻就會死！」

眾妖別無他法，只能立即動身，躍入了管理員張開的空間入口。

奎薩爾在踏入之前，回頭看了封平瀾一眼。

他看見封平瀾的眼中，被絕望和失落給填滿——就和當初他心智退化成幼童、哭著要人留下的樣子一模一樣。

「我會回來找你。」奎薩爾低聲承諾，接著凜然轉身，進入空間。

管理員見眾人踏入空間結界，便收起符。

數根咒釘冷不防地朝他疾射而來，管里員旋身閃避，但仍有一根長釘穿過了他的髮絲，劃過了他的頭頂。

一團灰白色的物體，順著釘子射去的方向，飛落在地。

那是一頂灰色的假髮。

封平瀾和封靖嵐沒預料到這樣的發展，同時愣愣地看著頂著光頭的管理員。

「看屁啊！真沒禮貌！」管理員低咒了聲，接著妖化自己的外形。在變成烏鴉的前一刻，他對著屋裡的兩人開口，「後會有期。」接著振翅疾速飛離屋子。

封平瀾看著空蕩蕩的房屋，心頭一緊。

又剩下他一個人了。

他深吸了一口氣，轉頭看向自己的哥哥。

「為什麼要這麼做，靖嵐哥？就算你是滅魔師，但也不能這樣不問究竟地獵殺妖魔啊。奎薩爾他們和一般的僭行妖魔不一樣，他們不會害人！而且理事長也認同了他們的存在。」

他知道滅魔師的身分是祕密，也知道滅魔師的使命便是消滅不隸屬於協會的妖魔。方才的衝突，他以為只是自己的哥哥在盡一名滅魔師應有的義務。

封靖嵐盯著封平瀾，聽著他的話語，挑眉。「你是真的不知道，還是仍在裝傻？都已經和妖魔締約了，不是嗎？」

封平瀾愣了愣，「我不懂你的意思……」

封靖嵐冷哼，「也好。」

他不再理會封平瀾，逕自拿出手機。「波普，你可以來找我了。」

掛上手機，封靖嵐冷漠地看了封平瀾一眼。

「該走了。」

「不要。」封平瀾拒絕，「奎薩爾說，他會回來找我，我必須向他解釋……」

「現在，連我的話也不聽了？」

「我——」

開門聲傳來，封平瀾轉過頭。

當他看見進門的人是瓦爾各時，整個人再度愣愣。

「為什麼……」封平瀾錯愕地開口，「那不是綠獅子的妖魔嗎？」

「噢，差點忘了你們見過面。」封靖嵐笑了笑，「波普，還不快問候，人家可是摸過你的三壘呢。」

瓦爾各冷靜而平淡地對封平瀾開口，「好久不見。」

封平瀾望著瓦爾各，突然有種超現實的感覺。他轉過頭，看向封靖嵐。

「你……真的是靖嵐嗎？」

「我一直都是。」

「你……真的是我哥哥？」

「這個問題，應該由我來問。」封靖嵐冷笑，「不過我早就知道答案了。」

他對瓦爾各使了個眼色。

瓦爾各迅速移動到封平瀾身前，朝他腦後精準一擊。

疼痛襲來的瞬間，思緒像是被關上開關一樣，同時中斷。封平瀾失去了意識，向前癱倒，身子在落地前被瓦爾各接住。

「你可以使用昏睡的咒語。」瓦爾各開口。

他知道封平瀾是敵人，但讓他對著毫無攻擊力的孩子出手，這有違他的原則。

「我的咒語，對他不管用。」封靖嵐冷冷地看了瓦爾各懷中的封平瀾，「他也沒你想的那麼單純。」

封靖嵐步出屋子。

在離開之前，他望了這棟洋樓最後一眼。

錯誤的源頭，罪惡的根源……

很快地，將會在他手中結束。

他會導正一切！

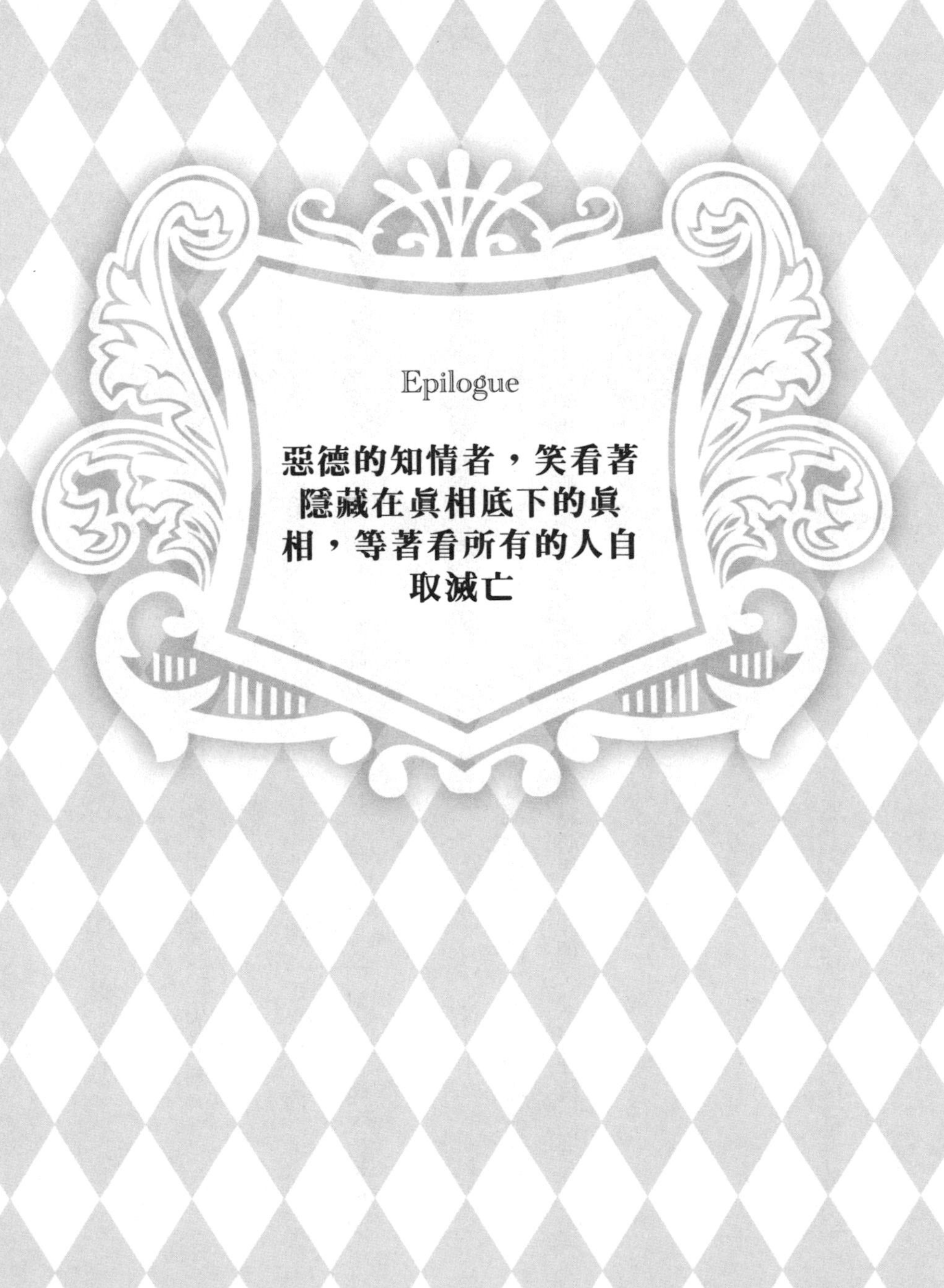

Epilogue

惡德的知情者，笑看著隱藏在眞相底下的眞相，等著看所有的人自取滅亡

早晨，雅努斯殯儀館。

下樓的腳步聲響起，蜃煬抬起頭，望向入口。

封靖嵐冷著一張臉，走向蜃煬。他揮手，一根長釘射出，刺向蜃煬的肩頭。

蜃煬吃痛地皺了下眉，但仍掛著笑容，對著封靖嵐開口，「氣消了？」

「還沒。」封靖嵐再次揮手，另一根釘子射向了蜃煬的大腿。「現在才扯平了。」

「嘖嘖，真是粗魯……」蜃煬一邊嘆氣，一邊拔出插在身上的釘子，隨手丟到地面。

「明明就是你自己的失誤，卻怪到我身上……」

「我的失誤？」封靖嵐挑眉。

「是呀。」蜃煬笑呵呵地說道，「要不是你仗著我給你的人偶，長期忽略無視這個『弟弟』，才會沒注意到這麼明顯的線索。如果你願意花點心思搭理他，就會發現他進入的學校是曦舫，還和丹尼爾那票人勾搭上了吶。」

封靖嵐冷眼看著蜃煬，「我還有上百根釘子，可以和你慢慢耗。」

蜃煬舉起雙手，做出投降的樣子。

「話說，那六個契妖呢？你殺了他們嗎？」

「跑了。」封靖嵐皺著眉回答，「有個戴假髮的詭異禿子救走他們，你知道是誰嗎？」

蜃煬露出困惑的神色，「我不知道這號人物。」

「那麼，你最好查一下，以免他們和丹尼爾的契妖會合。」

「放心，他們是被通緝的妖魔，早已自身難保，不敢有什麼大作為的。」蜃煬笑著陳述，「況且，就算他們會合了，又能怎麼樣？向協會舉發你的陰謀嗎？」

封靖嵐想了想，覺得蜃煬的話有道理，便不再多心。

「交代你的事情，辦得如何？」

「一切順利。」蜃煬得意地說著，「每一個部分都按照計畫進行，不可能出錯。」

「很好。」

鈴聲響起，封靖嵐拿起手機查看訊息，接著露出了溫柔的笑容。

「是『他』傳的訊息嗎？」蜃煬笑問。

「是。」封靖嵐收起手機，「我得離開了，有任何發展都向我通報。」

「沒問題。」

「不要再做惹我生氣的事。」

「盡量囉。」

封靖嵐對蜃煬投以肅殺的眼神，

蜃煬撐著頭，笑呵呵地開口，「事情不是已經很明顯了嗎？命運站在你這一方，為你歡唱結局的樂章。有什麼好擔心的呢？」

「哼。」封靖嵐冷哼了聲，轉身離去。

當封靖嵐離開後，蜃煬滑動椅子，來到了櫃檯另一端的桌前。

他笑看著桌面上的拼圖。

他的心情很好。

並不是因為他站在封靖嵐這一方，見到封靖嵐得勢，所以為對方高興。

而是他知道真相。

他知道所有的真相和祕密，連封靖嵐都不知道的祕密。

蜃煬的手撫上了那不完整的拼圖，畫面中惡魔的位置。

「雖然這裡占了上風。」他的指頭移向惡魔的上方，「但是，操控拼圖的人，是我呀……」

畫面上方，天使的模樣支離破碎、不成人形。

畫面下方，黑色惡魔完整呈現。

但即便如此，大天使米迦勒的腳，仍踩在惡魔的肚子上，使得惡魔無法翻身。

蜃煬微笑著拿起拼圖，繼續拼下去。

他很期待，當封靖嵐發現這隻踩在身上的腳時，會是什麼反應、什麼表情？

「這是你的失誤……」他伸手覆上自己受傷的肩，勾起冷笑，「不過下次，你沒有機會拿釘子戳我囉。」

澳大利亞，墨爾本。機場。

莉紗帶著一名少年，坐在頭等艙的候機室裡。這是她第一次搭頭等艙，第一次坐在這種地方。

「妳要喝咖啡嗎？」少年笑著走向她，「那裡還有小蛋糕耶。」

「不用了，小兵，謝謝。」莉紗笑著婉拒。

數日前的夜晚，東尉突然來到她家，指派給她一個任務。

「我有任務交給妳。」東尉的表情非常嚴肅。「去收拾行李。」

「去哪裡？」

「墨爾本。」

「要去多久？」

「直到我聯絡妳為止。」

莉紗瞪大了眼，「什麼？但協會這裡的任務……」

「暫時不用理會，我會派人處理。」

莉紗挑眉。

有什麼事比這還急？

雖然有所疑問，但她非常識相，「我有多少時間準備？什麼時候出發？」

東尉揚起滿意的笑容。

「妳真的是很好的員工。」幸好協會擅於糟蹋人才，他才有機會撿到寶。「大約三小時，晚點我會再過來一趟。」

三個小時後，當東尉再次來訪時，帶了另一個人。

是一名十來歲的少年。

「洗手間在哪裡？」東尉進屋之後，便向莉紗詢問。

莉紗立刻會意，「我帶你去。」

「在這裡等我。」東尉溫柔地對著少年交代，接著跟著莉紗，來到屋子裡側的一個房間。

「這裡不是廁所。」東尉笑著調侃。

「如果你想要去廁所聊也是可以。」

東尉笑了笑，切入正題。「幫我照顧他。」

莉紗詫異。

「盡妳一切所能地看著他，照料他的生活。」

「如果他對你那麼重要，那麼你應該找一個更厲害的人。至少找個有契妖的召喚師。」

東尉微笑，「我不需要其他人來保護他。」

莉紗立即理解。

她被指派這項任務，並不是出於她的能力。而是她的無害，以及無助。

沒了契妖的召喚師，也沒有任何謀反叛亂的能力。

「放心，只要跟在他身邊，妳也會沒事。」東尉開口。

「我需要做什麼？」

「他想去哪裡就陪著他去，他想買什麼就買什麼，不要讓他離開妳的視線超過十分鐘。機票我已經買了，當地的住處我也安排好了。你們在那裡的所有花費，我會全額負責。其餘的細節，我再寄信告訴妳。」東尉笑了笑，「好好度個假吧。」

東尉離開後，她便帶著少年前往機場。

少年非常乖巧，他對她充滿了好奇，一路上不斷地說著話。

「妳好，我是小兵。」

「我是莉紗。」

「妳是東尉的情人嗎？」

「不，我只是他的下屬。你呢？」

「噢！我當然也不是啦！」少年發出一陣笑聲。

少年的笑聲很有感染力，莉紗的心情隨之放鬆了許多。

「我的意思是，你是東尉的什麼人？」

「我是他最重要的人。」小兵以炫耀般的口吻說著。

莉紗沒有再追問。

雖然東尉沒有限制她和小兵的對談，但她非常謹慎，不會多言。知道得越多，越會讓自己陷入不利。

「妳的契妖呢？沒陪著妳嗎？東尉說妳在協會工作。」

「我的契妖不在了，我只有自己一個人。」

「這樣呀。」小兵點了點頭，沉默片刻，開口，「那……東尉他什麼時候回來？」

「我不知道。」

小兵低下頭，喃喃輕語，「以前他不會這樣的。不管去哪裡，他都會帶著我，就算沒帶著我，也會在夜裡回來。」他望向莉紗，眼中充滿了擔憂，「我是不是惹他生氣了？」

「不是的。」莉紗長嘆一口氣，伸手搭上小兵的肩，給了他一個擁抱。「他不把你帶在身邊，是為了保護你。」

她嘆息，是因為她知道眼前這個人是東尉極為重視的人，甚至是東尉的弱點。她知道了東尉的弱點。她不曉得這會不會導致她英年早逝。

小兵任莉紗抱著他，片刻，才再度露出笑容。

「莉紗，妳有綽號嗎？」

「沒有。」

「這樣喔。」小兵自顧自地笑道，「小兵是我的綽號，因為我小時候發音不標準，一直唸不好自己的名字，所以後來就變成我的綽號了。這是東尉幫我取的。」

看著少年純真的笑容，莉紗也跟著揚起微笑。

「你吃過晚餐了嗎？」她轉移話題，怕自己知道太多不該知道的訊息。

「還沒。」

「需要幫你買點東西吃嗎？」

「不用，我還不餓。」小兵開口，接著像是想到什麼一般，開口，「啊，妳也沒吃晚餐。如果妳餓了的話，就停下來買個東西吃吧！」

莉紗回以笑容，「我也不餓，到了機場再說吧。」

多麼乖巧的孩子啊。

她見識過這個年齡的青少年，多半都惹人厭得要命。當東尉帶著小兵出現時，她本以為自己會面對一個叛逆、不知好歹的青春期少年。以為自己每天都要忍著想殺人的衝動，耐著性子照顧一個屁孩。

但小兵和她印象中的青少年完全相反，這讓她安心了不少。

到了墨爾本，莉紗和小兵住入了市區的一間高級公寓。莉紗每天陪著他出門，在墨爾本到處遊玩——這是東尉的規定之一，移動範圍不准離開墨爾本。但更多的時候，她會跟著小兵，在當地的圖書館泡上一整天。

小兵喜歡閱讀，她也是。小兵非常有禮貌，不會提出無理的要求，從不讓她為難。她覺得這個孩子就像天使一樣。

他們相處得非常融洽，度過了一段美好的時光。她從來沒有享受過這樣悠閒自在的生活。

直到前一天晚上，東尉聯絡上她，要她帶著小兵，前往另一個地點。

她有些不捨，但只能聽令。

「可以登機囉！」小兵指了指登機口，提醒莉紗。

「好的。」莉紗起身。

「我再去拿一塊蛋糕，等我一下。」

「沒問題。」莉紗笑看著小兵的身影，接著從皮包裡拿出兩人的護照和機票，先做好準備。

她翻開小兵的護照。

護照上，貼著少年燦笑著的照片，旁邊印著他的名字——

封平瀾。

——《妖怪公館的新房客10》完

高寶書版集團
gobooks.com.tw

輕世代 FW239

妖怪公館的新房客10

作　　者　藍旗左衽
繪　　者　謏
編　　輯　謝夢慈
校　　對　林思妤
美術編輯　彭裕芳
排　　版　彭立瑋
企　　劃　姚懿庭

發 行 人　朱凱蕾
出　　版　英屬維京群島商高寶國際有限公司臺灣分公司
　　　　　Global Group Holdings, Ltd.
地　　址　臺北市內湖區洲子街88號3樓
網　　址　www.gobooks.com.tw
電　　話　(02) 27992788
電　　郵　readers@gobooks.com.tw（讀者服務部）
　　　　　pr@gobooks.com.tw（公關諮詢部）
傳　　真　出版部　(02) 27990909　行銷部 (02) 27993088
郵政劃撥　50404557
戶　　名　三日月書版股份有限公司
發　　行　三日月書版股份有限公司/Printed in Taiwan
初版日期　2017年 7 月
八刷日期　2019年12月

國家圖書館出版品預行編目(CIP)資料

妖怪公館的新房客 / 藍旗左衽著.-- 初版. -- 臺北市：高寶國際, 2017.07-
冊；　公分. --

ISBN 978-986-361-420-3(第10冊；平裝)

857.7　　　106001158

三日月書版

三日月書版

GOBOOKS
& SITAK
GROUP©

GOBOOKS
& SITAK
GROUP©